멍멍이 이야기

부잣집 개로 해 달라고는 했지만

펜리르로 해 달라고는 안 했어!

이누마진 지음
코치모 일러스트
김보미 옮김

3

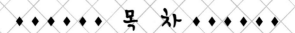

◆◆◆◆◆◆ 목 차 ◆◆◆◆◆◆

로타

멍?

제노비아

"당주님. 맡겨주십시오!
이럴 때를 위해 제가 있는 것입니다!"

메어리

"예고장! 굉장
소설 같아!"

이모코를 부탁해

멍멍이 이야기
3

이누마진 지음 | **코치모** 일러스트 | **김보미** 옮김

SNOVEL

커버 그림, 본문 일러스트 | **코치모**

"로타, 이 아름다운 검을 봐. 이 검은 말이야, 그 대(大)대장장이 겐고 키사라기, 그 직계 자손이 만든 훌륭한 명검이야."

"머, 멍(아, 응. 그래.)"

어쩐다. 이 세계로 전생한 지 석 달째. 이제껏 중에 가장 관심 없는 화제가 거론됐다.

신이 나서 검의 장점에 대해 열변을 토하는 이 유감스러운 미인은 제노비아. 이 집에 식객으로 초대돼 머물고 있는 여검사다.

타오르는 듯한 붉은 머리칼에, 의지가 강해 보이는 날카로운 눈동자. 남녀 모두에게 인기가 있을 것 같은 쿨 뷰티지만, 허당기 충만한 알맹이가 그것을 배반하고 있다.

평화로운 저택에서는 단련 이외에 할 일이 없는지, 종종 나를 찾아와서는 이렇게 말을 걸곤 한다.

"멍……(으으, 졸려…….)"

정원의 나무 그늘 아래서 낮잠을 자다가 억지로 일어난 탓에 완전히 비몽사몽이다.

신이 나서 해대는 무기 자랑도 한 귀에서 한 귀로 흘려들을 뿐이다.

진짜로 요만큼도 관심이 없어서 잠이 쏟아진다.

"야, 로타. 듣고 있는 거야?"

"멍멍······(네네, 듣고 있어요······ 쿠울······.)"

꾸벅꾸벅 졸면서 대답했다.

"아무튼, 이 검은 정말 굉장해. 사용자를 생각하면서 계속 단련하면 이 경지에 이르는구나 하고 몹시 감격했어. 이 무늬를 봐. 금강강을 충분히 쓰지 않으면, 이 독특하고 아름다운 문양은 나올 수가 없어."

"멍······(아······.)"

대충 대꾸하면서 귀 뒤를 뒷발로 긁었다. 아―― 간지러, 간지러.

이렇게나 관심 없는 태도를 보이는데도, 제노비아는 신경도 쓰지 않는다.

장난감 자랑을 하는 아이처럼 번쩍 든 검의 훌륭함에 대해서 늘어놓았다.

"치밀하게 계산된 도신의 곡선, 자루에 들어간 섬세한 세공. 어디로 보나 최고의 명검이야. 알잖아?"

"멍멍······(아니, 모르는데요······.)"

무기의 좋고 나쁨 따위, 전직 사축이자 현직 애완견인 내가 알 턱이 있나. 어제 날씨보다 아무래도 좋은 이야기야.

아무래도 좋은 김에 말하는데, 혼자서 개한테 말을 걸고 있는 제노비아의 모습, 굉장히 외로운 사람처럼 보일 것 같은데, 괜찮아?

저기, 하녀들이 창문으로 이쪽을 보고 수군거리고 있어.

"후후…… 아아, 훌륭해……. 정말 훌륭한 검이야…….'

누군가가 쳐다보는 것 따위 신경 쓰는 기색도 없이, 제노비아는 볼을 비비듯이 검을 감정했다.

마치 보석을 바라보는 듯한 황홀한 눈빛이지만, 그 끝에 있는 것은 날카로운 칼날이다. 무섭기 그지없다.

"구하느라 꽤 애를 먹었어. 소문에 의지해 이곳저곳 무기상을 돌아다니고, 구입에는 모험가 시절의 수입을 삼 년 치는 쏟아부었어."

그거 거한 쇼핑을 했네.

제노비아의 수입이 어느 정도였었는지는 몰라도, 한때는 이름이 알려진 모험가였던 모양이고, 상당한 액수겠지.

그건 그렇고 질문인데, 왜 그 검을 내 쪽을 향해 겨누고 있는 걸까요?

"……앞선 승부에서, 나는 두 번을, 네놈한테 졌다."

승부라기보다, 제노비아가 내 정체를 의심해서 멋대로 달려든 것뿐이에요.

난 아무 짓도 안 했어. 쫄아서 작은 사기잔 한 잔 정도 양을 지렸을 뿐이야.

사실 그때 부러진 검은 아직도 그 주변 수풀 속에 숨겨져 있다.

"하지만 오늘의 나는 달라. 기력은 충만하고, 전에 없이 예민하게 벼려져 있어. 그때와 같은 실수는 다신 안 해."

으응. 기운이 넘치는 건 좋은데, 왜 검을 쳐드는 거야?

제노비아, 나한테 나쁜 마음이 없는 건 안다고, 전에 말했었잖아요? 베일 이유를 모르겠는데요?!

"두 번의 패배를 거쳐, 마침내 눈을 떴어! 오늘이야말로 내가 이겨!"

"머, 멍?!(취, 취지가 바뀌었어?!)"

승부라니! 해로운 짐승이 아닌 걸 알면, 제거할 필요 없잖아!

"걱정 마! 죽일 생각은 없어! 가죽 한 장. 그래, 가죽 한 장만 베는 것뿐이다!"

그런 털끝만 건드릴 게 같은 말을 해도 곤란해! 나를 시험 삼아 베려는 거 다 알아!

"간다아아아아아아아아아아아아아아!!"

"머머어어어어어엉?!(싫어어어어어어어어어!!)"

제노비아는 순식간에 간격을 좁히고, 흐르는 듯한 동작으로 검을 휘둘렀다.

눈으로도 쫓을 수 없는 참격에, 피할 겨를도 없이, 가엽게도 두 동강 나고 말았다.

검이.

"흐이이이이이이이이이이이이이익?!"

제노비아가 괴상한 목소리로 절규했다.

좋은 소리로 부러졌어. 비싼 검이라서인지 부러질 때의 음색은 악기처럼 시원시원했다.

부러진 검은 하늘 높이 날아갔다. 그리고 빙빙 회전하면서 수풀 속으로 사라졌다.

"내, 내 검이…… 사, 삼 년 치 수입이……."

"멍……(아, 식겁했어……. 이건 몇 번을 해도 익숙해지지 않아…….)"

예에 따라 나는 말짱. 완전히 노 대미지다.

어렴풋이 눈치채고 있었지만 이 몸, 말도 안 되게 튼튼한 거 아닐까.

처음에는 제노비아의 검이 가짜인 줄 알았지만, 베이기는 커녕 맞은 아픔조차 없어.

이렇게 폭신폭신한 털가죽인데, 어떤 구조로 된 건지 전혀 아프지 않다.

어지간히도 펜리르 몸의 방어력이 뛰어난 거겠지.

어라? 하지만 렌한테 물리는 건 엄청 아팠던 것 같은데…….

"멍……(위험해. 지독한 쥐 이빨…….)"

"찍……(나는 드래곤이라고 하지 않았느냐……. 지독한 드래곤 엄마라고 정정하거라…….)"

내 갈기 속에서 낮잠 중인 렌이 잠에 취해 대꾸했다.

"멍멍(네네, 대단해요, 대단해…….)"

뭐가 어찌 됐든, 제노비아의 삼 년 치 수입은 안 됐어.

"아우아우…… 검…… 내 검……."

입을 딱 벌린 제노비아가 하늘을 올려다봤다.

완전히 넋이 나갔다. 자업자득이라고는 해도 불쌍하다.

"멍(이제 할 만큼 했으면 위험한 짓은 관둬.)"

부러진 검을 쥐고 주저앉은 제노비아를, 앞발로 톡톡 두드려줬다.

"무, 무슨 짓이야……?"

"멍멍(괜찮아, 괜찮아.)"

갑작스러운 손길에 제노비아가 당황했다. 말랑말랑한 발바닥 촉감에 반해버려도 돼.

"큭, 굴욕적이다……!"

이게 바로 승자의 특권. 제노비아는 얼굴을 새빨갛게 하고 떨고 있다.

후후후. 이 얼굴이 보고 싶었어. 할짝할짝하고 싶어.

제노비아의 분해하는 얼굴이 귀여우니 좀 더 톡톡해주자.

톡톡톡톡. 아, 톡톡톡톡톡톡.

"그, 그만해! 바, 바보 취급도 적당히 해!"

이크. 뿌리쳐졌다.

"오늘은 여기서 물러나지만, 다음번엔 안 져!!"

또 하려는 거야.

이 상태라면 파산할 때까지 도전할 것 같다.

조만간 부러진 검이 수풀에서 넘쳐날 거야.

"절대로 안 져어어어어어어어어어어어!!"

"멍멍(네네.)"

그렇게 내뱉고 달려가는 제노비아를 배웅하고, 나는 나무 그늘 밑에서 다시 낮잠을 잤다.

"이리하여 용사 로타는 일곱 명의 동료와 길을 떠나, 사악한 마왕을 물리치러 마계로 향하는 것이었습니다."

"멍——(용사는 8인조군. 아마 전투에 나설 수 있는 건 네 명이고, 나머지는 마차에서 대기조야. 마법사 영감과 전사 아재가 잡혀 있었을 거야.)"

아가씨가 낭독하는 책의 내용에 귀를 기울였다.

용사가 동료를 모아 마왕군의 간부인 5대 마장을 한 명씩 쓰러뜨린 다음, 마지막에는 마왕과의 최종 결전을 거쳐 승리한다.

친절한 아동용 영웅담이다.

남자아이가 좋아할 만한 내용이지만, 아가씨는 이 이야기가 아주 마음에 드는지 이렇게 자주 읽어준다.

"크아아아아후……(내용 자체는 질리도록 들었지만, 아가씨의 사랑스러운 목소리를 들을 수 있으니 괜찮아. 얼마든지 들을 거야.)"

책을 소리 내 읽으면서 아가씨가 가느다란 손가락으로 내 목덜미를 간질이듯이 쓰다듬었다.

우헤헤. 완전 기분 좋아. 더 쓰다듬어줘.

"찍(큭, 칠칠치 못한 표정이 가관이구나…….)"

렌이 짜증 난 기색으로 머리를 내밀었다.

이 녀석은 아가씨하고 오붓하게 있는 꼴을 못 본다니까.

17

아가씨는 착하니까 괜찮지만 다른 사람한테 들키려면 어쩌려고. 넌 쥐야. 요리사와 하녀에게는 원수라고.

그렇다고 본모습인 드래곤이 돼도 곤란하지만.

"찍찍(이런 어린 계집의 어디가 좋다고……. 그렇다고 내가 인간으로 변신하면 너무 어리다고 트집을 잡고……. 나리의 변태성은 종잡을 수가 없구나…….)"

무례하네. 변태라니, 지극히 정상이야. 쇼타 케모 취향의 드래곤 모쏠녀한테만큼은 그런 소리 듣고 싶지 않아.

"앗, 쥐 씨. 안녕하세요!"

"찍!(흥!)"

렌이 적의에 찬 눈동자로 아가씨를 노려봤지만, 아가씨는 어리둥절해하면서도 미소 지을 뿐이다.

"쥐 씨도, 쓰다듬어도 되나요?"

아가씨의 손끝은 목표물을 변경해, 렌의 머리를 간질간질 간질였다.

"찍, 찍……(앗, 그, 그만. 그만하라 하지 않았느냐하아아아아……?!)"

"여기요? 아니면 여기요?"

굉장한 기술자다. 화려한 손놀림에 렌은 녹은 떡처럼 변해갔다.

"찍……(그만하거라…… 그마아아안…… 흐아아아아아아아…….)"

이 집의 최강 전력은 나도 렌도 아닌 아가씨라는 기분이 들어.

† † †

"멍, 멍(밥, 밥. 오늘 저녁은 뭐려나———.)"

"녀석, 잰 것처럼 딱 맞춰 오셨군."

바쁜 시간대를 끝내고 한숨 돌린 제임즈 아저씨가 뒤돌아봤다.

후후후. 아가씨들 요리가 부엌에서 나가는 타이밍에 오면, 갓 만든 음식을 먹을 수 있는 걸 아니까.

그보다, 부엌에서 풍겨오는 맛있는 냄새 때문에 기다리는게 고역이야. 이미 인내심의 한계야.

"멍멍!(아저씨! 오늘 메뉴는 뭐야?!)"

"잠시 기다리거라. 순서대로 꺼내지 않으면 부서지기 쉽거든."

그렇게 말한 아저씨는 큼직한 집게로 깊은 냄비에서 요리를 꺼내기 시작했다.

푹 삶은 고기와 소시지, 그리고 큼직하게 썰린 채소를 접시 가득 담았다.

그 위에 맛이 충분히 배어 나온 수프를 끼얹으면 완성이다.

"포토푀라는 거다. 간단히 만들 수 있지만, 아주 심오한 요리지."

포토푀라면 알아. 만든 적은 없지만, 패밀리레스토랑에

서 먹은 적은 있어.

"멍멍!(바로 먹을게요——!)"

마, 맛있어——! 이건 이전 생에서 먹은 것과 전혀 다른 음식이잖아요!

너무 익어 뭉개지지 않으면서도 감자는 따끈따끈하고, 당근은 녹을 듯이 부드럽다.

소시지에서 나온 짠맛이 수프와 어우러져, 어쩐지 마음이 편안해지는 맛이다.

그리고 떡하니 메인에 놓인 이 고깃덩어리. 입에 넣는 순간 포슬포슬 부서지는데, 씹으면 씹을수록 풍미가 살아나요.

"멧돼지의 갈빗살을 소금과 와인 식초에 하룻밤 재웠는데 마음에 든 모양이구나. 고기를 부드럽게 하는 방법으로는 그 외에도 탄산수를 활용하는 방법이 있어. 고기가 촉촉해져서 좋아하는 방식이지만 구하기가 어려워서 말이지. 옮길 수단만 있으면 좋은 곳이 있는데……."

나는 먹는 것 전문이라서 요리법에는 관심 없지만, 아저씨가 즐거운 것 같으니 됐나. 제노비아의 무기 지식과 같다. 흘려듣는 게 최고야.

아저씨가 이야기하는 틈에 몰래 렌에게 몫을 나눠줬다.

"찍——찍찍——(호, 이건 좋구나. 고기는 갓 사냥한 게 최고인 줄 알았는데, 이게 훨씬 더 맛있구나. 요리라는 것은 재미난 것이구나. 이렇게나 맛이 달라지다니…….)"

렌이 흠흠 하고 끄덕이면서 고기를 씹었다. 나보다 이 녀석이 훨씬 더 흥미롭게 아저씨의 이야기를 듣고 있다.

집중하는 건 좋은데, 들키지 않게 해줘.

요리사와 쥐는 양립할 수 없는 운명이니까.

"저, 미란다 선배님. 현관문에 이런 게 끼워져 있었어요……."

"어머, 뭐지?"

부엌 바로 앞에서 이 집의 하녀인 미란다 씨와 토아가 대화를 하고 있다.

가슴이 크고 안경을 낀 쪽이 미란다 씨고, 가슴이 작고 키도 작은 쪽이 토아다.

"받는 사람 이름도, 보낸 사람 이름도 없네."

"네. 우편 배달은 오지 않았고, 이 저택까지 누군가가 주러 왔다면 문을 지나 마당에 들어왔을 거예요. 하지만 그런 사람은 아무도 본 적 없대요."

이 저택은 시골을 넘어 숲에 지어져 있다. 가까운 마을에 가려고 해도 마차로 몇 시간은 걸리는 장소다.

일부러 이런 벽촌까지 와서 장난을 치고 갈 녀석도 없겠지.

"나리께 전해드려도 괜찮은 걸까요."

"음. 봉투 한 장에 위험해 보이지도 않고. 식사 후에 전해드리자."

흠. 보낸 이가 불분명한 편지라……. 살짝 궁금한데. 나도 따라가 봐야지.

"멍멍!(그전에, 일단은 눈앞의 식사에 집중하자!)"

나는 충분히 포토푀를 음미하고, 깊은 냄비를 싹 비웠다.

† † †

"흠, 편지. 받는 이도 없고 아무것도 안 적혀 있지만, 일단 뜯어볼까."

식사를 마치고 거실에서 쉬고 있던 아빠가 미란다 씨에게서 편지를 건네받았다.

그리고 커터 칼을 집어, 봉투 사이에 끼워 넣었다.

"기다려주십시오!!"

너무나도 큰 외침에 아빠가 깜짝 놀라 움직임을 멈췄다. 나도 그만 움찔했다.

그곳에는 한 손을 앞으로 쭉 뻗으며 아빠를 말리는 제노비아가 있었다.

"왜, 왜 그러는가, 제노비아?"

"당주님. 방심해서는 안 됩니다. 누가 보냈는지도 모르는 편지를 함부로 뜯어서는 안 됩니다. 안에는 독, 혹은 저주의 마술이 걸려 있을지도 모릅니다."

"으, 응? 아, 아무렴 그럴 것 같진 않은데······."

하긴 아빠는 엄청난 부자고 변경백이라는 높으신 귀족이기도 한 모양이니, 제노비아의 주장에도 일리가 있다.

"제가 뜯어서 검사하겠습니다. 괜찮으시지요?"

"자네가 걱정해주는데 무시할 수는 없지. 부탁하네, 제노비아."

"예. 그럼 그렇게 하겠습니다."

제노비아는 아빠에게서 편지를 건네받아, 그것을 냅다 던졌다.

잠깐, 뭐 하는 거야.

내가 그렇게 생각했을 때는 허리에 찬 새로운 검을 빼든 뒤였다.

자전일섬(紫電一閃). 순식간에 봉투만 잘게 썰리고, 안에 든 편지가 팔랑팔랑 떨어져 내려 제노비아의 손안에 들어갔다.

"흠, 위험성은 없는 것 같군요……."

주의 깊게 관찰하고 안전한 것을 확인한 다음, 아빠에게 편지를 건넸다.

"여전히 훌륭한 칼 솜씨군그래. 나는 칼을 뽑는 줄도 몰랐어."

이상하다. 제노비아가 제대로 검사다운 행동을 하고 있다.

허당이 아닌 제노비아 따위 제노비아가 아닌데. 열이라도 있나. 걱정이다.

식객으로 초대한 검사의 실력을 보고, 아빠는 기분이 좋은 듯하다.

세 동강 난 편지를 펼쳐보고는 얼굴이 굳어졌다.

"뭐, 뭐라고……?!"

"왜 그러세요, 아버지?"

아가씨가 아빠에게 달려가, 의자 뒤에서 편지를 들여다

봤다.

"『예고장. 극악무도한 행위로 말미암아 방탕에 빠진 악덕 귀족아. 귀하의 저택 보물을, 오늘 밤 가지러 가겠다. 은빛 날개 도적단』?"

소리 내 읽은 내용을 이해하지 못하고, 그 자리에 있던 모두가 얼어붙었다.

예고장이라고 했어, 지금? 뭐야 그게. 루팡 같은 괴도가 보낸다는 그거 말하는 거야?

"예고장! 굉장해요! 소설 같아!"

"아, 아가씨. 좋아할 때가 아니에요. 게다가 오늘 밤이라 니……."

신이 나서 재잘거리는 아가씨의 어깨에 손을 얹고, 미란 다 씨가 창백하게 질려 있다.

"은빛날개 도적단……. 처음 듣는 범죄 조직인데. 일부러 훔치기 전에 예고하다니, 대담무쌍하군. 아니면 뭔가 다른 의도가 있는 건가……."

아빠는 가죽 소파에 기대 생각에 잠겼다.

역시 큰 회사를 경영하고, 변경백이라는 지위도 가진 아 빠야.

갑작스러운 범죄 예고에도 동요한 기색이 없다. 완전 멋져.

"그나저나 내 보물이라……. 구체적인 게 적혀 있지 않으 니 뭘 노리는 건지도 모르겠군."

물건 하나도 고급이니까.

막연히 보물이라고 해도, 이 저택에 있는 건 대체로 보물이다.

"나에게 가장 큰 보물은 물론 메어리지만."

아빠가 멋지게 윙크했지만, 아가씨는 어떤 괴도가 찾아올지 들떠서 생각하느라 듣고 있지 않다.

"메, 메어리이……."

불쌍한 아빠.

그래서, 두 번째는 당연히 나죠? 나라고 말해줘요!

"위로해주는 거냐? 고맙구나, 로타."

아빠에게 바싹 다가가자, 머리를 쓰다듬어줬다. 만족했어.

"아무튼, 대책을 어떻게 세워야 하나. 너무 모호한 지정이야. 뭘 노리는지를 알면, 그걸 주고 돌려보내는 게 제일인데."

쓸데없는 분쟁을 좋아하지 않는 아빠다운 생각이다.

하지만, 물러.

하나를 빼앗으면 하나 더, 두 개를 빼앗으면 세 개를 더 원하는 게 인간의 심리다.

더 내놓으라는 상대방의 요구를 끊임없는 들어주는 사이에, 어느새 부엌의 식재는 몽땅 먹어서 사라졌다.

……이상하네. 어느새 내 이야기가 됐다.

"당주님. 맡겨주십시오! 이럴 때를 위해 제가 있는 것입니다!"

제노비아가 훗 하고 득의양양하게 가슴을 내밀었다.

"평소에 식객으로서 신세 지고 있는 은혜를 조금이라도 갚고 싶습니다!"

"오, 역시 제노비아 자네야."

아빠의 얼굴이 환해졌다.

"사실, 자네한테 부탁하는 수밖에 없다고 생각하던 참이었어. 오늘 밤 당장이면, 길드에 연락을 넣어서 경비를 부를 수도 없어. 미안하지만, 맡아주겠나."

"물론입니다! 극악무도라느니 방탕에 빠졌다느니 당주님을 까닭 없이 모욕한 것도 모자라, 도둑질까지 하려 하다니! 그런 괘씸한 자는 이 검의 녹으로 만들어주겠습니다!"

"으음, 그렇게까지 나와 이 집을 소중히 생각해주는 건 고맙지만, 최대한 원만하게 부탁하네. 희생자라니 당치않아."

의욕을 불태우는 제노비아를, 아빠가 황급히 말렸다.

"그럼 칼등치기로!"

"으음, 칼등치기라면……. 아니, 하지만 그 검은 양날검이 아닌가……?"

그보다, 제노비아의 고릴라 파워로 때리면 뭘 쓰든 맞아 죽지 않을까요.

이 고릴비아에게 적당히라는 어려운 게 가능할까.

"그럼, 바로 순찰을 돌겠습니다! 여러분은 문단속을 철저히 하시고, 오늘 밤은 방에서 나오지 마실 것을 당부드립니다!"

제노비아도 참, 간만에 활약할 기회에 의욕이 불타셨어.

평소의 제노비아는 애완견인 나보다 일하지 않으니 할 수
없지.

힘내, 백수 검사. 식충이라는 오명을 반납하는 거야.

나는 침대에서 응원하고 있을게.

"멍멍(자, 아가씨. 도둑도 무섭고 얼른 자러 가요. 제가 옆
에서 같이 잘게요.)"

아가씨의 등을 머리로 밀며, 거실을 나갔다.

그때, 목덜미를 덥석 붙잡혔다.

"뭐 하는 거야. 너도 와."

"멍?!(뭐?! 왜?!)"

"넌 이 집을 지키는 개야! 이럴 때 정도는 일해야 할 거 아
니야!"

"멍멍!(일하고 있어요오——! 사랑스러운 애완견으로서
저택 사람들에게 위안을 주고 있다고요——!)"

"반항하지 마아아……!"

"크으응……!(싫, 다, 고오오오오……!)"

개목걸이를 잡아당기는 제노비아에게 필사적으로 저항
했다.

그만둬, 제노비아! 목 가죽이 앞으로 쏠려서 얼굴이 구겨
져서 웃긴다고!

"풉…… 크, 큭…….."

거봐, 벽 쪽에서 대기하고 있는 토아가 필사적으로 웃음
을 참고 있어. 불쌍하잖아!

누가, 누가 좀 도와줘!

앗, 아가씨. 아가씨가 나를 지그시 보고 있어.

여기서는 도움을 구하는 수밖에 없어.

"멍멍!(아가씨! 도와줘요, 아가씨! 당신의 귀여운 펫이 학대당하고 있어요!)"

"제노비아 씨! 로타만 데리고 가고 치사해요! 나도 같이 밤 경비를 해보고 싶어요!"

엑, 그쪽이야?!

이 집 아가씨는 역시 왈가닥이야.

"아, 안 돼요, 아가씨. 자, 잠자리를 봐드릴게요. 토아, 모두에게 문단속을 다시 한번 확인하라고 전해줘."

"앗, 네! 선배님!"

아가씨는 미란다 씨의 손에 이끌려 거실을 나가버렸다.

"나도 이만 방으로 가야지. 오늘 밤은 일할 때가 아닌 것 같으니까."

아아, 아빠까지 가버렸다.

남은 것은 굴욕적인 얼굴의 나와 제노비아뿐이다.

"……더 버틸 거냐?"

"멍……(같이 갈게요오…….)"

† † †

"나는 2층을 중심으로 돌게. 너는 1층을 돌아. 한 바퀴 돌

면 홀 계단에서 만나자고."

"멍……(네에…….)"

콧김을 뿜으며 계단을 오르는 제노비아에게 꼬리를 한 번 흔들어 대답하고, 나는 저택 경비를 개시했다.

"멍멍(어쩌다 보니 따라왔지만, 도적단은 그냥 무섭다고.)"

들켜서 욱한 도둑이 공격하면 어쩌지. 이 집 애완견한테 무슨 일이 생기면 큰 손해예요.

"찍──(이 세상에 나리를 상처 입힐 수 있는 존재는 그지 많지 않으니라.)"

뭉충아. 절대적인 안전이 보장돼도 무서운 건 무서워. 완전 무서워. 그게 나리는 개야.

"찍──(나리의 그런 주의 깊은 면은 좋지만 말이다. ……후후, 좋다고 말해버렸느니라. 부끄럽구나.)"

뺨을 붉히면서 수줍어해도 하나도 안 귀여워. 왜냐하면 너는 쥐고 드래곤이니까.

인간으로 변신했을 때라면 그나마 귀여운 구석도 있지만, 그래봤자 꼬맹이야. 어느 쪽이든 스트라이크존 저 밖이야.

"멍멍(역시 내 몸은, 꽤 센 편인가?)"

광선을 뿜거나 검을 부러뜨리는 건 애완견으로 사는 데는 아무짝에도 쓸모없지만, 그걸로 도움을 받은 적도 있었나.

그 푹신푹신한 여신한테 감사해야 할까.

잠깐. 애초에 내가 마물이 아니면 일어나지 않았을 문제가 대부분인 것 같은 기분도 들어.

큭. 완전 이율배반이야.

"찍——(마랑왕 펜리르가 무슨 뚱딴지같은 소리를 하는 것이냐. 이 렌오브룸을 꺾어놓고 약할 리가 없다. 이게 아직 갓 태어난 거라고 하니, 앞날이 두려운 데도 정도가 있다. 역시 너야말로 나의 신랑으로 어울리는 상대니라.)"

전력을 다해 노 땡큐예요.

맛있는 밥이 나오고, 자고 싶을 때 자고, 놀고 싶을 때 놀고, 매일 게으르게 살 수 있는 지금이 최고로 행복해. 결혼 따위 사양할게요.

나의 행복한 펫 라이프를 방해하는 나쁜 도둑은 이 펜리르 몸뚱이로 물리칠 거야. 슉슉.

뒷발로 일어서서 섀도복싱을 했지만, 몸이 개라서 얼빠진 아장아장 스텝밖에 되지 않았다.

그리고 역시 싸우는 건 무서워. 혹시 도둑을 발견하면 바로 도망쳐서 제노비아를 부르자. 응, 그러자.

그렇게 정하고, 쥐죽은 듯이 조용한 복도를 돌았다.

"멍멍(하녀들도 빨리 쉬러 들어가서 조용하네.)"

제노비아의 지시로 저택 사람들은 모두 문을 잠그고 방에서 나오지 않도록 하고 있다. 일반인이 괜히 돌아다니다가 도둑한테 붙잡혀 인질이 되는 걸 막기 위해서겠지.

제노비아 주제에 제법 생각을 했어.

경비가 고작 두 명인 건 어쩐지 불안하지만 뭐, 전직 뛰어난 모험가라는 직함이 괜한 게 아니라면 제노비아가 어떻게

든 해주겠지.

……해주는 거지? 지금만큼은 허당기를 발휘하지 않아
도 돼!

"냐옹——(로타 씨——. 야식 먹으러 가요, 야식——.)"

울음소리와 함께 공중에 구멍이 뚫리고, 붉은 고양이가
떨어졌다.

나프라 녀석, 오늘도 납셨군. 생김새는 희귀한 털빛을 가
진 고양이지만, 그 정체는 고도의 마법을 다루는 마녀의 사
역마다.

그러나 그 마법을 써서 일하는 일도 없이, 배가 고프면 이
렇게 밥을 빼앗아 먹으러 온다. 이 무슨 공간 마법 낭비람.

"멍멍(이 집의 고양이도 아니면서, 뻔뻔해.)"

"찍——(맞느니라! 허락도 없이 나리의 등에 타지 말 거
라. 뻔뻔하다.)"

남의 몸에서 숨어 사는 녀석이 할 말은 아니야.

"냐옹——(새삼스럽게 왜 그러세요~.)"

나프라가 앞발을 얼굴에 붙이고 휙휙 흔들었다. 큭, 귀여워.

두 마리를 머리와 등에 태우고, 나는 어두운 복도를 걸었다.

"냐옹?(오늘은 어쩐지 조용하네요.)"

"멍멍(응. 오늘 도둑이 온대.)"

"냐옹?!(도둑?! ……어머? 어째서 도둑이 오늘 오는 걸
아는 거예요?)"

"찍——(예고장이 왔느니라.)"

"냐옹?(예고장이라니, 도둑질하는데 일부러 예고를요? 뭘 위해서요?)"

"멍?(나도 몰라. 뭐 때문일까.)"

아빠도 그걸 의아해했었어.

예상할 수 있는 거로는, 저택 사람들을 겁주는 걸 즐기는 범죄적 사고려나.

아니면 괴도풍의 게임 감각일까.

"멍(아니면, 주의를 한곳에 집중시키고 다른 목적을 이루기 위해서, 라거나.)"

예고장의 이점을 생각하면 그렇게 생각하는 게 자연스러워.

그곳을 노린다고 하면, 그곳을 지킬 수밖에 없어진다. 실제로 두 명뿐인 경비는 저택을 지키는 데 집중하고 있고, 바깥에는 전혀 인원을 배치하지 않았다.

사실 도둑이 노리는 것은 저택 안의 보물이 아니라, 저택 근처에 있는 무언가이거나 하진 않을까.

"냐, 냐옹──?!(로, 로타 씨가 뭔가 똑똑한 소리를 하고 있어요!!)"

"찍, 찍?!(나, 나리, 괜찮은 것이냐?! 혹시 이상한 걸 먹은 것이냐?!)"

"멍……(너희들…….)"

심한 말을 하는 두 마리에게 따지려는데, 배가 꼬륵 울었다.

"……멍(……일단 뭐라도 먹으러 갈까.)"

33

""냐옹-찍——!(찬성——!)""

어차피 세 얼간이의 지능은 이 정도였다.

1층에 있는 부엌을 향해 타박타박 걸었다.

"냐옹——(오늘은 뭘 먹을까요——? 햄은 지난번에 먹었고, 새로 만든 훈제가 뭔가 있었나요?)"

"멍멍(그러고 보니, 아저씨가 포토푀를 만들고 남은 갈빗살로 베이컨을 만든다고 했었어…….)"

"냐옹——!(베이컨 좋네요——! 나프라, 베이컨 정말 좋아해요——!)"

"멍(그렇게 빨리 완성될 리 없잖아.)"

조미액에 담가서 숙성시키고, 연기로 훈제하고 꽤 품이 든다고.

매일 슬쩍하고 있어서 잘 알아.

이제는 저택 사람들보다 나를 위해서 훈제를 만드는 낌새마저 있으니까.

아저씨 미안해. 그리고 언제나 고마워.

감사의 마음과 함께 오늘 밤도 훔쳐 먹으러 가요. 츄릅.

"멍……?(응? 뭔가 부엌 쪽에서 대화 소리가 들려…….)"

조용히 수군거리는 여자아이의 목소리다.

하녀 중에도 배고픈 사람이 있었나. 오늘은 취침 시간이 빨라졌으니, 저녁을 못 먹은 사람이 있었을지도 모른다.

지시 사항을 어기다니, 나쁜 하녀다. 이건 벌을 줘야 해요.

구체적으로는 살짝 놀래준 뒤에 나도 야식을 얻어먹자.

"멍……(너희, 조용히 하고 있어…….)"

"찍……(나리가 또 시시한 생각을 해냈어…….)"

"냐옹……(나프라, 장난도 좋아해요…….)"

나는 자세를 낮추고 부엌으로 다가가, 안이 보이는 창문에 앞발을 걸쳤다.

슬쩍 고개만 빼 들여다본 곳에는——.

† † †

"됐다, 열렸어."

열쇠를 열기 위한 가느다란 금속봉을 허리의 작은 가방에 집어넣으면서, 소녀가 동료에게 알렸다.

"조용히 들어가자. 불은 껐지만, 경비가 없을 리 없으니까."

키 큰 소녀가 머리 장식을 고쳐 꼈다.

"일부러 예고장을 쓴 것도 경비를 요충지에 집중시켜서 몰래 침입할 틈을 만들기 위해서였으니까요."

키 작은 소녀가 안경을 밀어 올리면서 대답했다.

열쇠를 연 소녀에 뒤이어 두 소녀도 안으로 침입했다.

생김새나 체격의 차이는 있지만, 세 소녀에게는 어떤 공통점이 있었다.

은빛 머리칼과 긴 귀. 그리고 특출나게 빼어난 외모. 장수종 엘프의 증거다.

지금은 활동하기 편한 가벼운 차림을 하고, 진지한 표정으로 저택에 발을 들였다.

"어디부터 찾지?"

"구조를 좀 더 자세히 알면 좋겠지만, 알아볼 시간이 없었으니까."

"느긋하게 알아보는 사이에 언니들이 험한 꼴을 당했으면 어떡해요. 이 집의 나쁜 당주를 추궁해서 있는 곳을 실토하게 하면 돼요."

"에르르, 위험한 소리를 하네……."

"우르르 말이 맞아. 우리는 진짜 도적단이 된 게 아니야. 우리 목적은 언니들을 구하는 거야."

"잘못했어요, 오르르. 도적 생활도 너무 길어서, 잠입도 이렇게 능숙해졌어요……."

"뭐, 도적이라고 해도 한밤중에 얼마 안 되는 식량을 훔치는 정도니까. 이름도 팔리지 않았고, 문제없을 거야. 이런 생활도 언니들을 구할 때까지만이야. 언니들을 구하면 안전한 숲을 찾아서 뿔뿔이 흩어진 동료들도 불러 모아 다시 마을을 짓자."

"그래. 한참을 찾다가 겨우 발견한 단서야. 반드시 성공시켜야 해."

"응. 언니들을 납치한 노예상이 모건 상사를 거쳐 팔크스 상회와 접촉했다는 정보는 확실할 거야. 언니들이 팔려 갔을 가능성이 높아."

"들자하니 이 집의 당주는 빚 담보나 갈 곳 없는 소녀를 하녀로 고용한다고 들었어요. 이런저런 추잡한 짓을 시키고 있는 게 틀림없어요."

"큭, 악덕 귀족. 용서 못 해……!"

아직 만나지 않은 변경백의 악행에 엘프들은 분노를 느꼈다.

"그나저나 여긴 무슨 방이지. 상당히 깨끗한데……."

"으음. 조리 도구도 많고, 여긴 부엌이네요."

"이런. 그만 평소 습관대로 밥이 있는 곳을 침입 장소로 골라버렸어……."

"뭐, 뭐 됐어. 침입할 수 있으면 어디든 상관없어."

"우와. 이 밀은 굉장히 좋은 거예요. 역시 귀족 나리는 좋은 걸 먹네요."

"우와, 진짜! 이걸로 빵을 구우면 정말 맛있겠지……."

"말하자마자 옆길로 새지 마. 가자."

재촉을 받은 두 사람은 아쉬운 듯이 밀이 든 자루를 떠났다.

"먼저 내가 복도 상황을 살필게. 신호를 주면 따라와."

오르르라고 불린 소녀가 그렇게 확인했을 때, 두 사람의 관심이 또 다른 곳으로 옮겨가 있는 것을 깨달았다.

입을 딱 벌리고, 창문 쪽을 올려다보고 있다.

"정말……. 진지하게 하라고 했잖아."

"오르르, 오르르……!"

"으아아아……!"

뭘 그렇게 놀라나 하고 두 사람의 시선을 쫓은 결과, 『그

것』과 눈이 마주쳤다.

높은 곳에서 내려다보는, 여섯 개의 빛나는 눈.

"무, 슨……?!"

그 크기는 소녀들을 훨씬 능가하고, 심상치 않은 위압감을 풍겨왔다.

어째서 이런 곳에 괴물이 있지. 이곳 귀족은 괴물을 방 안에서 풀어두고 기르는 건가.

온갖 생각이 그녀들의 머릿속을 스쳤지만, 공포로 목소리도 나오지 않는다.

그녀들은 엘프다. 숲에 사는 이상 마물과 만난 적도 있었고, 상대의 전력을 헤아리는 데도 이골이 나 있었다. 하지만 과거의 모든 기억을 되짚어 봐도, 이 정도로 강력한 힘을 가진 상대는 존재하지 않았다.

그 감이 알리고 있다.

우리는 여기서 잡아먹힌다, 라고.

"히, 익……."

크게 찢어진 입이 침을 흘리면서 열리고──

""""멍냐옹찍──.""""

난생처음 듣는 울음소리를 들은 순간, 세 사람은 비명조차 지르지 못하고 기절했다.

† † †

"멍……(응? 도둑 잡기, 거저 성공?)"

목소리가 들리기에 창문으로 상황을 엿보았을 뿐인데, 세 사람은 자기들끼리 놀라 기절해버렸다.

창문에서 떨어져, 부엌으로 들어갔다.

"멍멍(이 여자애들이 도둑인 거야?)"

뭔가 상상했던 것과는 다르다.

예고장 같은 걸 보낼 정도니, 꽃중년 괴도풍의 녀석이 올 줄 알았다.

차림만은 도적 같은 가벼운 경장을 했지만, 세 명 모두 어린 소녀다.

신경 쓰이는 점은 은빛 머리칼과 긴 귀인데. 이 애들, 엘프라는 걸까.

아는 마녀의 모습이 떠올랐다. 가지런한 이목구비도 그렇고, 같은 종족처럼 보인다.

"찍——(나리야, 침 흐르느니라.)"

"멍(앗, 미안.)"

부엌에서 풍겨오는 맛있는 냄새에 무심코 침이 나왔다. 이 애들을 보고 맛있겠다고 생각한 게 아니야. 혹시나.

"냐옹——(그래서, 어떻게 할까요? 이대로 두고 갈 수도 없고요.)"

"멍멍(할 수 없어. 제노비아를 불러오자.)"

그리고 뒤돌았을 때, 그 제노비아가 문 앞에 서 있었다.

"하도 안 와서 무슨 일이 있나 하고 와봤더니 네, 네놈이,

결국 식인을……?!"

"멍멍?!(엄청난 오해를?! 그보다, 상황을 보면 알잖아요?! 이 애들이 도둑이에요!)"

"농담이야. 상황적으로 네 모습을 보고 너무 놀라서 기절한 거군."

알고 있잖아. 심장에 안 좋은 농담은 관둬.

그보다, 이렇게 귀여운 애완견을 보고 기절하다니 나 참 어이가 없군. 뿡뿡.

"어느 정도 기량을 갖춘 자가 널 본다면, 얼마나 괴물인지 바로 알아보는 법인데. 이자들은 엘프군. 강한 감수성을 지닌 그들이라면 이렇게 돼도 할 수 없어. 엘프가 도둑질한다는 소리는 금시초문이지만."

아아, 역시 드물구나. 뭔가 엘프 이미지하고 달랐어.

"어쨌든 나리께 알리고, 처우를 결정토록 해야 해. 나는 이 애들을 붙잡고 있을 테니까, 불러와줘."

"멍멍(네에네에——.)"

이미 야식 타임도 물 건너간 분위기지만, 상으로 뭔가 줄지도 몰라.

이층으로 뛰어 올라가, 아빠 방 앞에서 작게 짖었다.

"멍멍, 멍멍(아빠——. 일어나요——. 도둑 잡았어요——.)"

"무슨 일이냐, 로타. 설마, 벌써 도둑을 잡은 거냐?"

잠옷에 가운을 걸친 아빠가 나왔다.

"멍멍(그 설마예요. 잡았다기보다, 그쪽이 멋대로 기절한 거지만.)"

"제노비아가 없는 걸 보니, 제노비아가 잡은 거냐? 그래서 널 시켜서 날 불러오라고 한 거지?"

"멍멍(역시 아빠야. 맞아요.)"

"당장 가자. 안내해다오, 로타."

"멍멍(맡겨주세요.)"

제노비아에 의해 한데 꽁꽁 묶인 엘프 도적들은, 계단 아래의 홀로 끌려와 있었다.

"이건, 아직 애라고 해도 좋을 나이의 애들뿐이 아니냐. 정말 이 애들이 예고장을 보냈다고?"

엘프니까 외모와 실제 나이는 다를 수도 있지만 확실히 도적단 같은 위험한 짓을 하는 것처럼은 안 보여.

"으, 으으……."

키 큰 엘프가 깬 모양이다.

초점이 맞지 않는 눈동자로 주위를 두리번거린 후, 아빠를 발견하고는 화들짝 놀랐다.

"네, 네놈이 팔크스 백작이냐?!"

"그래. 잘 알아봤다만, 너희가 예고장을 보낸 도적단인 게냐?"

"큭. 그런 괴물을 저택에서 기르다니. 생각했던 그대로의 악덕 귀족인 모양이군……."

"괴물? 글쎄, 로타는 우리 집 개인데……."

아빠가 옆에 앉은 나를 찬찬히 들여다봤다.

"그러고 보니, 요즘 또 커졌구나. 로타, 너무 많이 먹은 거 아니냐."

그, 그런가? 기분 탓 아닐까요? 다이어트하면 작아지려나?

"식사량의 문제는 아닌 것 같은데요……."

탄식한 제노비아가 다음 순간, 검을 소녀에게 들이댔다.

"힉……?!"

"위세가 좋은 건 좋지만, 이 집에 도둑질하러 와서 그냥 끝날 거라 생각했다면 오산이야."

힉, 무서워.

제노비아의 살기에 나머지 소녀들도 깬 모양이다.

"아, 으아아……."

"아이고. 잡혀버렸어……."

체념한 듯한 두 사람과는 달리, 검을 들이대진 장신의 소녀는 아직 아빠에게 도전적인 눈빛을 향하고 있다.

"악덕 귀족 팔크스 놈! 언니들을 내놔!"

언니라니 그게 누군데. 아빠가 악덕 귀족이라는 것도 전혀 맞지 않고.

"흠, 아무래도 오해를 한 모양이군. 사정을 들어봐도 되겠느냐."

역시 아빠야. 도둑질하러 온 도둑을 상대로 차분하게 대화를 유도하고 있다.

"……좋아."

소녀의 입에서 나온 이야기는 그녀들의 지금까지 생활을

포함한 경위였다.

숲에서 평화롭게 지내던 그녀들 엘프의 마을은 어느 날 갑자기 인간 무리의 습격을 받았다고 한다.

왕국의 눈이 닿지 않는 변경에서는 노예를 노린 습격 사건이 드물게 일어나는 모양이다.

대부분은 마을을 버리고 무사히 도망쳤지만 미처 도망치지 못한 몇 명이 잡히고 말았다.

그녀들 도적 세 자매는 원래는 다섯 자매로, 언니 두 명이 도망칠 틈을 벌어준 덕에 무사히 탈출했지만, 그 대신 언니들이 잡혀버렸다고 한다.

마을 사람들은 인간들의 추격을 피해 뿔뿔이 흩어졌고, 소녀들은 셋이서만 힘을 합쳐 살아왔다.

도적 짓을 해서 악당들의 물건을 훔치고 하루하루 근근이 버티면서도 붙잡힌 언니들을 계속 찾아온 모양이다.

"흑, 고생이 많았구나……!"

제노비아가 덩달아 울음을 터뜨렸다.

제노비아, 의외로 눈물이 많다니까. 할짝할짝하고 싶어.

"그리고 마침내 언니들이 있다는 소문을 들었어."

팔크스가로 팔려왔다는 그 소문을 믿고, 구하러 왔다고 한다.

소문에 따르면, 아빠는 돈을 무기로 아리따운 소녀들을 노예로 수집하고, 밤마다 떠들썩한 술잔치를 벌인다나.

이번에도 왕도에서 노예상과 접촉했다는 정보가 있어, 언니들도 팔려간 게 틀림없다고 생각하고 여기까지 쫓아왔다고 한다.

"멍……(아빠…….)"

"으음. 그런 소문이 떠도는군……."

아빠가 어깨를 축 떨구었다.

"사실무근이에요."

그런 아빠를 두둔하고 나선 것은, 각등을 한 손에 들고 나타난 미란다 씨다.

원피스 잠옷 위에 케이프를 걸쳐 평소의 하녀복 차림과는 다른 요염함이 있다.

"분명 우리 중에는 그런 불행한 처지에 놓였던 사람도 있지만, 모두 나리께서 구해주셨어요. 감사한 마음을 지닌 사람은 있을지언정 원망하는 사람은 한 명도 없어요. 저택에서 하녀로 일하는 건 우리가 그러길 원해서예요. 상회를 통해 정식으로 고용됐고, 급료도 제대로 받고 있어요. 당신들이 상상하는 그런 일은 전혀 없어요."

"뭐, 뭐라고……?!"

다행이다. 엉터리 정보였다.

살짝 아빠를 부럽── 크흠크흠. 의심한 건 마음속에 묻어두자.

"그럼, 언니들은 여기에 없는 거야……?!"

"말도 안 돼. 먼 길을 마다치 않고 여기까지 왔는데……."

"언니들, 어디에 있는 거예요……."

45

눈물을 흘리는 세 자매에 우리는 난처해졌다.

"왕도에 머물 때 노예상을 소개받은 건 사실이야. 난 노예제 반대파로, 현재의 채무 노예나 형벌 노예도 없애야 한다고 생각하고 있어. 그런 나한테 왜 그런 자를 소개하는지 의아했었는데, 설마 그런 나쁜 소문이 퍼져 있었다니……."

"그, 그중에 엘프는 없었어?!"

"바로 돌려보내서 누가 있었는지까지는 몰라. 미안하네……."

"그렇군……."

고개를 떨구는 소녀들에게 해줄 말을 찾지 못했다.

"어쨌든 오해는 풀린 모양이군. 제노비아. 그 애들을 풀어주게."

"괜찮으십니까?"

코를 훌쩍이면서 제노비아가 물었다.

의아한 표정을 지은 것은 풀어주라는 말을 들은 본인들이다.

"우, 우리를 용서한다는 거야……?"

"아직 뭘 도둑맞은 것도 아니니까. 근방에서 피해 신고서가 나온 것도 아니고 변경백으로서 자네들을 구속할 이유는 없어. 이야기를 들은 이상, 자네들의 친족도 상회를 통해 수색하겠네. 인간 사냥은 왕국 헌법상으로도 중대한 범죄야. 시간은 걸리겠지만 주먹구구식으로 찾는 것보다는 낫겠지."

"왜 그렇게까지 하지……? 우리는 생판 남에, 종족도 다른 밤도둑인데……."

"곤란에 처한 사람을 못 본 척하면, 아버지로서 딸 앞에서 당당할 수 없으니까. 난 딸한테 자랑스러운 아버지가 되고 싶어. 고작 그 정도인 작은 남자야."

그야말로 명재판. 너무 멋져. 아빠 최고.

"생활에도 불편이 있는 것 같고, 자네들만 괜찮다면 우리 상회에서 일자리를 소개해줄 수도 있어."

"고마워……. 하지만 우린 우리대로 언니들을 찾을게. 그 노예상을 알려줄 수 있을까? 거기서부터 다시 찾아볼래."

"하루라도 빨리 구해주고 싶어."

"이하동문이에요."

세 자매의 뜻은 확고한 듯하다.

"멍……(뭔가 도울 방법이 없을까…….)"

반려견인 내가 할 수 있는 일 따위 없을 것 같지만, 이대로 방관하는 것도 체면이 서지 않는다.

"노예상과는 정말 잠깐 본 게 다여서 말이야. 인상에 남지 않는 게 인상적인 남자였다고 할 수 있을 정도려나……. 도움이 못 돼서 미안하네. 적어도 당장 필요한 여비만이라도 지원해주겠나. 미란다."

"네, 나리. 그렇게 말씀하실 줄 알고 이미 준비했습니다."

은쟁반에 가죽 주머니를 얹은 미란다 씨가 돌아왔다.

"그, 그런 것까지 받을 순 없어!"

"괜찮으니 받아줘. 길에서 쓰러져 죽기라도 하면 그게 더 곤란해. 내 영지에서 도둑질이 발생해도 곤란하니까."

이건 농담이야, 하고 아빠가 웃었지만 그 농담에는 웃을 수 없다.

"면목 없어. 이 은혜는 반드시 갚으러 올게."

키 큰 엘프 아가씨가 가죽 주머니를 받고, 문득 깨달았다.

"참. 이건 우리 마을을 습격했던 자들이 쓰던 도구인데, 혹시 언니들을 찾는 데 도움이 될까?"

그렇게 말하며 가방에서 꺼낸 것은, 둥근 돌이 붙어 있는 목줄이었다.

"멍?(어라? 나 그거 본 적 있어!)"

어디서 봤더라?

"찍찍(왕도의 요란한 소녀 집에서 보지 않았느냐. 왜 그 종알종알 시끄러운…….)"

아아. 세로로 말린 머리카락이 굉장한 드릴 머리 아가씨, 엘리자베스 아가씨 말이군.

렌 말대로 드릴 머리 아가씨가 기르던 마물들이 목에 하고 있는 걸 본 적이 있다. 분명 세뇌의 마법이 걸려 있다고 했나.

펫 자랑을 할 때 목줄의 마법이 풀려서 한바탕 난리가 났었다.

그 사건으로 메어리 아가씨와 친해져서 지금도 종종 편지를 주고받는 모양인데, 분명 이건 그곳에서 본 목줄과 같은 거다.

"흠. 이것도 처음 보는데. 하지만 단서가 될지도 몰라. 내가 맡아도 되겠나?"

"응. 잘 부탁해. ……인간은 다 못된 녀석들인 줄 알았는데 당신처럼 착한 사람도 있었네. 소개가 늦어서 미안해. 난 오르르라고 해."

"에르르예요. 고마웠어요."

"우르르야. 고마웠어요——."

세 자매는 밤도 늦었으니 오늘은 자고 가라는 아빠의 제안을 거절하고, 고마움을 전한 뒤 저택을 떠났다.

그 뒷모습을 안타까운 눈길로 배웅하는 아빠 일동을 떠나, 나는 몰래 뒷문을 통해 밖으로 나갔다.

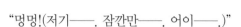

"멍멍!(저기——. 잠깐만——. 어이——.)"

내가 짖는 소리에 세 자매가 깜짝 놀랐다.

"뭐, 뭐야?! 역시 우리를 먹을 셈이야?!"

"우, 우린 맛없어! 대, 대신 이 과자 줄게!"

"마, 마물이 그런 걸 좋아할 리 없어요! 도, 도망쳐야 해
요……!"

단단히 겁먹은 모양이다. 여기서는 필살의 귀여운 포즈로
적의가 없음을 알리자.

"학학학(어때? 어때? 무섭지 않아! 그리고 그 과자는 주
세요.)"

배를 보이면서 몸을 이리저리 뒤틀었다.

"우, 우리를 덮치러 온 게 아니야……?"

"멍멍(난 나쁜 마물이 아니야. 귀여운 애완견이야. 아까
그 목줄을 본 적이 있어서 알려주러 온 것뿐이야.)"

이상하군. 최고로 귀여운 멍멍이처럼 보일 텐데, 셋 다 어
쩐지 질려 하는 듯한 느낌이.

역시 말이 통하지 않으면 소통하기 힘들어.

"이렇게 고위의 마물이 인간 손에 길러지고 있다는 사실
을 믿을 수 없어."

"음. 하지만 본인이 개라고 하고 있고……."

"그보다, 이 자칭 애완견 씨가 중요한 말을 한 것 같아요. 목줄에 대해서 뭔가 알고 있다고."

잉? 어째서 내 말을 알아들은 거야?

"그래! 너, 뭔가를 아는 거야?!"

"멍?!(혹시 말이 통하나?!)"

오르르라고 이름을 밝힌 키 큰 엘프가 추궁해왔다.

지금 이건 내 말을 알아들어서지? 엘프한테는 내 말이 통하나?

"통하고 뭐고, 처음부터 마력으로 직접 말을 걸어왔어──."

우르르라고 이름을 밝힌, 중간쯤 돼 보이는 엘프가 해맑게 답했다.

"우리처럼 마력적 감수성이 강한 종족이라면 들리는 사람은 많을 거예요."

에르르라고 이름을 밝힌 몸집이 작고 안경을 낀 엘프가 새삼스럽다는 표정을 지었다.

위험했잖아. 셋 다 핥고 싶다거나 이상한 소리 하지 않아서 다행이다.

그러고 보니 헤카테도 그냥 대화했었어. 그건 그 녀석이 특별한 건 줄 알았는데 종족적인 문제였군.

그나저나, 내 말은 그런 구조로 전해졌던 거냐. 자기 몸에 대해서 모르는 게 너무 많아.

그 푹신푹신한 여신이 설명을 생략하고 전생시킨 게 잘못이야.

"그래서, 그 목줄을 어디서 봤는데?"

"멍멍(그게, 아는 사람 집에서 봤는데 자세한 건 나도 잘 몰라. 아마 본인한테 물으면 알려줄 것 같은데.)"

어떻게 묻지.

드릴 머리 아가씨에게 내 말은 통하지 않고, 렌이 변신해서 통역을 맡아준다고 해도, 처음 보는 어린 여자애 말은 믿어주지 않겠지. 이 세 아가씨도 마찬가지다.

"냐옹(아, 그럼그럼, 주인님한테 부탁하는 건 어때요?)"

헤카테한테? 확실히 이 멤버들보다는 믿을 수 있을 것 같은데…….

그 녀석한테는 늘 신세만 지고 있는데 이렇게 자주 이기적으로 부탁해도 되나.

"냐옹(로타 씨, 로타 씨. 나프라와 주인님은 감각이 이어져 있어요.)"

"멍?(응?)"

"냐옹(주인님은 계속 공방에서 이제나저제나 하고 나올 때를 엿보고 있으니, 슬슬 불러주는 게 좋지 않을까 하는── 으악?)"

"쓸데없는 소리 하지 마……!"

나프라가 구두 굽에 짓밟혔다.

공중에서 훨훨 내려온 마녀가 초조한 기색으로 착지했다.

"머, 멍(아, 안녕. 헤카테. 듣고 있었어?)"

"로타. 지금 나프라가 한 말은 잊어줘."

"멍멍(아, 딱히 신경 쓰지 않아도…….)"

"넌 아무것도 못 들었어. 그렇지?"

"머, 멍(앗, 네!)"

위압감이 엄청나다. 말끝을 늘리는 것도 잊은 거로 보아 진심인 듯하다. 무서우니 놀리지 말자.

"냐, 냐옹(주인님은 연장자인 척하지만 상당히 외로움을 많이 타서 이럴 땐 불러주는 걸 좋아하세요── 으악!)"

무서움을 모르는 나프라여. 편히 잠들라.

"지, 지금 어디서 나타났어……?!"

"하, 하늘에서 내려온 거지……?!"

"저기, 그쪽 분은?"

갑자기 나타난 마녀에 세 자매는 그저 당황할 뿐이다.

"어머, 미안해라. 헤카테 루루알스라고 해~. 앞으로 잘 부탁해~."

헤카테가 치마와 모자를 잡고 연극조로 인사하자, 세 자매가 펄쩍 뛰었다.

"루, 루루알스 님?!"

"그 전설의……?!"

뭐야. 헤카테가 엘프들 사이에서 유명한가?

"루루알스 님이라면, 평균 수명이 삼백 살로 알려진 엘프들 중에서도 천 년을 가볍게 넘기셨다는 전설의 대장로!"

"우리 할머니가 태어나기 전부터 이미 대장로!"

"쭉── 대장로신 루루알스 님!"

굉장하다며 떠들고 있지만, 그건 헤카테의 역린을 건드리는 거 아닐까.

"……돌아갈까~?"

"머, 멍멍!(잠깐, 잠깐만! 가지 마!)"

아가씨들, 나이는 언급하지 마. 헤카테 할머니가 화나서 가버리니까!

"시, 실례했어요."

"죄송요──."

"죄송해요."

대중소 세 명이 머리를 숙였다.

"그래서, 그 루루알스 님이 여긴 어떻게……?"

"멍멍(헤카테는 이 근처 숲에 살아. 그리고 당가의 주치의기도 해.)"

"같은 엘프인 것도 인연이니 살짝 도와줄게~."

헤카테라면 드릴 머리 아가씨에게 사정을 설명하고 목줄에 대해 알아낼 수 있을지도 몰라. 왕도에서도 길드의 창설자인가로 지위가 있는 것 같고.

"멍멍!(그럼, 부탁할게. 헤카테!)"

조심히 다녀오세요.

나프라와 감각이 이어져 있다면, 드릴 머리 아가씨 집도 알겠지.

일단락됐으니, 난 돌아가서 아가씨하고 코 자자──.

"기다려."

이상하다──. 걷고 있는데 앞으로 나가질 않네──. 다리가 헛도는 건 왜일까──.

"난 그 애랑 일면식이 없으니 안면을 튼 로타가 있는 게 이야기가 빠르겠지?"

그렇죠──.

등을 낚아채인 고양이 같은 상태로, 나는 헤카테 옆으로 되돌려졌다.

젠장. 부유 마법은 편리하군.

"그럼, 서두를까? 최대한 빨리 구해주고 싶지? 이상적인 건 오늘 밤이야~."

"말도 안 돼요! 오늘 밤이라고 해도, 왕도까지는 마차를 갈아타도 한 달은 걸려요⋯⋯."

아빠의 호화 비공객선으로도 하룻밤이 걸렸으니. 마차로는 그 정도가 걸리는군.

하지만 걱정은 넣어둬. 이 마녀님은 어디든 마법으로 한 번에 날아갈 수 있으니까.

"기다려주십시오!"

그렇게 외친 것은, 저택에서 나온 제노비아다.

대화 소리가 들렸나.

"헤카테 씨. 저도 꼭 동행시켜주십시오."

"어머~, 왜?"

"호위하겠습니다! 당주님께도 허락을 받았습니다!"

"어머, 호위라면 로타가 있으니 괜찮아~. 나도 어느 정도 소양이 있고, 필요성은 느끼지 않아~."

"그건……."

제노비아가 엘프 아가씨들에게 힐끔 눈길을 줬다.

그간의 사정을 들을 때 제노비아, 엄청 울었었지. 그새 정이 든 걸지도 모른다.

제노비아는 납득시킬 만한 대답을 찾지 못하고 머뭇거렸다.

헤카테는 가만히 그 모습을 지켜보고는 훗 하고 미소 지었다.

"농담이야! 제노비아가 같이 가주면 나도 좋지~."

"……! 가, 감사합니다!"

한번 난색을 표한 건, 제노비아의 진심을 확인하기 위해서였군.

호위라는 건 핑계고, 단순히 세 자매에게 도움이 되고 싶은 거였어. 장난으로라도 신세를 지고 있는 팔크스가를 털려고 한 자들을 돕는다는 말은 못 하겠지.

제노비아 스스로에게도 깨닫게 하고 싶었던 건가.

"멍——(손해 보는 성격이라니까.)"

이런 짓을 하니까 의심받거나 두려움을 사는 거야.

하지만 헤카테, 나는 알아. 네가 고약하게 굴 때는 상대를 생각해서 행동할 때라는 걸. 넌 그저 폼 잡는 거라는 걸!

"무슨 하고 싶은 말이라도 있어~?"

"머, 멍!(아, 아뇨. 아무것도 아니에요!)"

작게 뜬 눈의 이면이 무서워. 그렇게 웃는 얼굴로 쳐다보지 마. 지릴 것 같으니까.

"그럼 갈게~."

헤카테가 지팡이로 지면을 가볍게 찧자, 하얗게 반짝이는 원이 펼쳐졌다.

깜짝 놀란 세 자매가 펄쩍 물러나려는 순간, 그곳은 어느새 밤거리로 변해 있었다.

"……?! 여, 여긴……?!"

"왕도야~."

"와, 왕도?!"

"이렇게 순식간에 이동한 거예요?! 설마 마왕 대전 때 잃어버린 공간 마법?! 굉장해. 이 눈으로 직접 보게 되다니!"

엘프 아가씨들이 눈을 동그랗게 뜨고 놀라워했다. 근처에 주저앉아 있던 취객이 술병을 끌어안고 덩달아 벌렁 나자빠졌다.

이 마법이 그렇게 굉장한 거였나. 우리는 거의 일상적으로 쓰고 있는데.

"사람이 적은 곳을 택했으니까, 여기서 조금 걸을게."

"어디로 가는데요? 아직 밤이고, 언니들을 찾는 것도 어려울 것 같은데요."

"급할수록 돌아가라고 하잖아? 우선 밥부터 먹을까?"

"""밥?"""

그러고 보니 나도 야식을 못 먹었잖아.

상당히 야심한 시간인데, 문을 연 가게가 있을까.

헤카테는 목적지가 있는지 성큼성큼 앞서갔다.

"기다리십시오, 헤카테 씨! 밤길은 위험합니다! 제가 앞장서겠습니다!"

제노비아가 앞지르려 했지만, 그 어깨를 헤카테가 꽉 잡았다.

"괜찮아~. 제노비아는 뒤를 부탁해~."

"하, 하지만……."

"괜, 찮, 아. 응?"

유무를 묻지 않는 박력이다. 헤카테는 제노비아를 잘 파악하고 있다.

이 여검사는 끝없는 자신감으로 우리를 잘못된 장소로 안내할 거다.

지독한 방향치에게 선두를 맡겨서 좋을 리 없다. 조용히 맨 끝에서 따라와.

그리하여 내가 헤카테 옆을 걷고, 그 뒤에 흠칫거리는 세 아가씨, 맨 뒤에 풀이 죽은 제노비아 순으로 서서 밤거리를 걷기 시작했다.

"멍멍(저기, 헤카테. 목줄은 정말 안 알아봐도 돼?)"

오늘 밤 안에 마무리한다고 했으니, 분명 드릴 머리 아가씨 집으로 쳐들어가서 목줄에 대한 정보를 알아낼 줄 알았는데.

"괜찮아~. 그쪽에서 올 거니까."

그쪽이라니, 어째서 그런 걸 아는 거지.

헤카테의 행동은 종종 알 수가 없달까. 뭐, 상황이 나빠진 적은 없으니 이번에도 뭔가 생각이 있는 거겠지만.

"멍멍(참고로 여기는 어디쯤이야? 전에 여행으로 왔던 곳과 비교하면 별로 깨끗하지 않네.)"

"하가와 그리 멀지 않은 중가야~. 치안이 나쁘다고 할 정도는 아니지만, 혼자 다니는 건 추천할 수 없는 곳이야~."

그런 곳을 여자들만 다녀도 괜찮은 건가.

"그래서 로타가 있잖아? 호위 잘 부탁해~. 기대하고 있어~."

"멍멍!(하하하. 됐어.)"

진짜로 기대하지 마. 이 집 개는 펫이지, 집 지키는 용도가 아니야.

폭력 장치 자리는 제노비아한테 양보했으니, 깡패를 만나면 맡기자. 펫인 나는 꼬리를 말고 뒤로 숨을게.

그렇게 가로등 불빛만이 비추는 거리를 걷기를 몇 분.

"멍멍(뭔가 좋은 냄새가 나기 시작했어.)"

어둡던 거리가 나아갈수록 밝아지고, 행인도 늘어났다.

요리 냄새를 실은 증기가 차가운 밤공기에 녹아들고, 환호성과 함께 알코올 거품이 튀었다.

"멍?(이거, 전부 술집이야?)"

"여러 가지려나~. 밤에 붐비는 곳도 있는 거야."

어쩐지 요염한 누님이 길 가는 남자에게 손짓하거나, 수상쩍은 가게도 있는 것 같다.

그런 누님들보다 에로스를 마구 흩뿌리고 있는 마녀가 내 옆에 있는데.

"와우. 굉장한 미인이 걷고 있어."

"저 옆에 있는 마물은 뭐야?! 목줄을 찼는데, 사역마인 건가……?!"

"마술사에 검사, 척후가 셋? 묘한 조합의 모험가군. 보르도프 술집으로 가는 것 같고. 가까이하지 않는 게 좋아."

예상대로 우리 집단은 시선을 끄는지, 뭐라고 수군거리는 듯하다.

"여기야~. 들어갈까."

한 술집 앞에서 헤카테가 걸음을 멈췄다.

"멍멍(나도 들어가도 돼?)"

나는 동물이니, 위생 문제로 가게 사람이 쫓아내지 않을까.

물론 매일 목욕하니까 이 주변에 걸어 다니는 아재들보다 훨씬 깨끗하지만.

"괜찮아~. 아는 사람 가게야."

그렇게 말한 헤카테는 용수철 문을 열고 휙 들어갔다.

"멍멍(어쩔래?)"

"찍(마녀님이 괜찮다고 하니 괜찮겠지.)"

"냐옹(그것보다 나프라는 배가 고파요――.)"

사실은 나도 배가 고프다. 뒤에서 셋이 꼭 붙어 있는 엘프 아가씨들 덕에 야식을 놓쳤으니까.

술집에서 고기 굽는 맛있는 냄새가 흘러나와, 아까부터 입안에 침이 한가득 고였다.

좋았어. 들어가자. 사람들이 놀라거나 무서워하는 건 나중 문제다. 테이블에서 고기 한 점이라도 건져서 도망치자.

"멍……(실례합니다…….)"

상당히 잘되는 가게인 모양이다. 넓은 홀에 원탁이 몇 개나 늘어서 있고, 모두 한 손에 술잔을 들고 즐겁게 떠들고 있다.

점원 수도 많다. 아가씨들이 바쁘게 손님들 사이를 누비며, 술과 요리를 능숙하게 나르고 있다. 모두 웃는 얼굴에 분위기가 좋은 가게다.

"멍(헤카테는 어디…… 아, 저기 있다.)"

우리가 우물쭈물하는 사이에 카운터에 있는 근육질 아재와 대화를 나누고 있다.

분위기로 볼 때 이 술집의 점장 같군. 백발을 뒤로 붙여 넘기고, 해적 같은 안대를 찼다. 우리 집 아재와는 근육량이 완전히 다른, 우락부락한 초로의 아재다.

"설마 살아 있는 동안 다시 만날 줄은 몰랐어."

"당신이 바텐더 견습생이던 시절 이야기를 하는 것도 재미있겠지만, 오늘은 다른 용건이 있어. 2층석을 빌릴 수 있을까~?"

"관둬. 애송이 시절의 부끄러운 기억 따위 들춰내고 싶지 않아. 예약이 하나 들어와 있긴 한데, 옆 테이블이라도 괜찮다면 비어 있어."

"고마워. 다음엔 에메라다도 데리고 올 테니까 셋이서 마
시자."

"……참아줘. 가게 술을 사라질 것 같으니까. ……그래
서? 입구에 있는 건, 아니, 당신 일행이야?"

백발 아재가 헤카테 너머로 들어온 나를 쳐다봤다.

"응, 친구야. 아주 소중한."

"이상한 녀석들만 데리고 오는군……. 병이나 벼룩 같은
건 없겠지. 근데…… 뭐야, 늑대? 마물, 같은 건가?"

"멍멍(개야. 무례하네.)"

완전 깨끗이 하고 다닌다고. 주로 아가씨랑 하녀 누나가.

"……뭐, 네 일행이라면 불만은 없어. 적당히 갖고 갈 테
니까, 올라가서 기다려."

무뚝뚝하게 말한 안대 아재는 주방에 메뉴를 전하러 안으
로 들어가 버렸다.

우리는 들은 대로 계단을 올라, 2층의 로프트석으로 향
했다.

1층은 붐볐지만, 이곳은 우리뿐인 모양이다. VIP석 같아
서 기분이 좋군. 우하하, 봐라. 술 취한 사람이 쓰레기 같군.

우아하게 여유를 즐기는 헤카테, 그 옆에 나, 긴장한 기색
의 세 아가씨가 나란히 앉고, 제노비아가 한 바퀴 돈 형태
로 헤카테의 오른편에 앉았다.

"멍멍(제노비아, 아까부터 왜 그렇게 고개를 숙이고 있

엉? 길 안내를 못 한 게 그렇게 아쉬웠엉?)"

"시끄러워! 지금 말 걸지 마……!"

1층에서 보이지 않도록 제노비아가 자세를 낮췄다.

마주치기 싫은 지인이라도 있나. 무기를 가진 모험가풍의 손님이 많았으니 그럴지도 몰라.

그러고 보니 지난번에 왕도에 왔을 때도 길드 앞에서 내 뒤에 숨었었어. ……뭔가 떳떳하지 못한 일이라도 저지른 거 아닐까.

"뭐, 뭐야, 그 눈빛은……. 딱히 걸리는 일 같은 거 없어! 모험가 길드도 정식으로 탈퇴했어!"

그런 것치고는 엄청 얼굴 숨기려 하고 있는데요.

시선을 피하는 제노비아와 반쯤 뜬 눈으로 게슴츠레 쳐다보는 나.

그런 우리를, 헤카테는 즐거운 듯이 바라보고 있다.

그러는 사이에 요리가 나왔다.

"멍멍!(우호! 맛있겠다!)"

저택에서 먹을 것 같은 고급진 요리는 없지만, 『먹어라, 이 녀석아』라는 호쾌한 고칼로리 메뉴가 식탁을 빼곡히 채웠다.

아직 지글거리는 소리를 내는 새우튀김.

등지방 소금절임을 올린 갈릭 토스트.

바삭하게 구운 베이컨을 잎채소로 말아서 먹는 싱싱한 샐러드.

꼬챙이에 꽂혀 부드러워 보이는 닭고기 양념구이.

비주얼도 소리도 냄새도, 최고로 먹음직스럽다.

너무나도 식욕을 자극하는 탓에 요란하게 배가 울었다.

"멍?!(앗. 응? 지금 건 내가 아니야!!)"

"""……………."""

세 엘프 아가씨가 얼굴을 붉게 물들이고 고개 숙이고 있었다.

"그럼, 바로 먹을까. 믿는 신이 있는 사람은 각자 기도해."

헤카테는 믿는 신이 없는지, 베이컨 샐러드에 바로 손을 가져갔다.

"멍멍!(나도! 나도!)"

"자, 여기~."

"멍!(잘 먹겠습니다!)"

헤카테가 말아준 샐러드를 덥석 먹었다.

잎채소와 베이컨의 아삭한 식감이 가히 환상적이다. 베이컨의 짭조름한 맛과 기름을 빨아들여, 잎채소의 풍미도 배로 증가했다.

"멍멍!(완전 맛있어!!)"

딱히 품이 들지 않는 간단한 술집 메뉴인데, 이 맛은 무슨 일이람.

"맥주에 잘 어울려~."

어이어이, 이제부터 엘프 아가씨들의 언니들을 구하러 가는데 술을 마셔도 된다고 생각한 거냐. 정말 어이가 없다.

나도 주세요.

"멍——!!(맥주도 상쾌하고 맛나——!!)"

여과하지 않은 것인지 희뿌옇지만, 그게 입 안에 남은 유분을 부드럽게 씻어 내준다. 이건 헤카테가 추천할 만해——. 훌륭한 가게야——.

""""꿀꺽…….""""

그런 우리를 보고 한계에 도달했는지, 세 아가씨는 손을 맞잡고 재빨리 기도한 뒤 맹수처럼 식사에 돌입했다.

그동안 제대로 먹지 못했는지 먹는 모습이 흡사 결식아동 같았다.

"천천히 먹어. 목에 걸릴라."

가장 먼저 기도를 시작했던 제노비아가 마지막으로 기도를 끝내고, 가슴을 치며 괴로워하는 우르르에게 물을 건넸다.

제노비아는 근육 바보 주제에 식사 예절은 잘 지킨다니까. 식사법도 아가씨처럼 우아하다. 나이프와 포크를 써서 조금씩 먹고 있다.

"오랜만에 먹는 거지만 맛은 여전하네~. 맛있어~."

등지방이 걸쭉하게 녹은 토스트를 먹은 후, 헤카테는 손가락에 묻은 빵 부스러기를 핥고 있어서 식사 예절이 나쁘다. 매너는 없지만, 엄청 야하다.

"냐옹!(닭고기가 맛있어요! 소스는 매콤달콤하고, 살은 촉촉하고 부드러워요!)"

"찍찍!(이 새우도 맛있구나! 껍질이 바삭해!)"

나프라와 렌에게도 호평인 것 같다. 그래도 내 등에 부스러기는 흘리지 말아줘. 털에 들어가면 빼기 힘들어.

"맛있어. 맛있어."

"이렇게 제대로 식사하는 게 얼마 만인지."

"언니들은 제대로 먹고 있을까요."

요리를 급하게 먹고 목이 막힌 세 아가씨를 제노비아가 케어했다.

"천천히 먹어. 아무도 안 뺏어 가. 언니들을 구하고 싶지? 그럼 먼저 너희부터 건강해야지."

등을 문질러주면서 세 사람을 다독였다.

저래 봬도 제노비아는 돌보는 재주가 있다. 마음씨 따뜻한 고릴라다.

고릴비아라고 부르는 걸 알면 무슨 짓을 해도 토벌당할 것 같으니 마음속에 묻어두자.

"저, 저기!"

가장 키가 작은 안경 쓴 애, 으음, 에르르였나. 더는 이 자리가 견디기 힘들어졌다는 듯이 말을 걸어왔다.

"어째서, 이렇게 잘 대해주시는 거예요?! 우린 오늘 막 만났을 뿐인 타인이고, 게다가 도둑질까지 하려고 했는데!"

"멍!(훗. 누군가를 돕는데 이유가 필요해?)"

"냐옹(그렇게 입 안 가득 음식물을 넣고 말해도 하나도 안 멋있어요──.)"

"찍(게다가 너는 한 번 남한테 맡기고 가려고 하지 않았

67

느냐.)"

너무해. 그냥 폼 한번 잡고 싶었던 것뿐인데.

내 말은 없었던 걸로 되고, 세 자매는 제노비아를 향해 물어보았다.

"아까 그 백작도 그래. 우리를 용서해줬을 뿐만 아니라, 언니들을 찾는 것까지 도와준다고 했어."

"그런 호의까지 받을 이유가 전혀 없으니까, 불안해——."

마을을 습격당하고 언니들을 빼앗긴 엘프들에게 인간은 이렇게 다정한 존재가 아니다. 저택 사람들의 부드러운 태도가 더욱 불안하게 만든 거겠지.

의문을 입 밖에 낸 세 명을, 제노비아는 똑바로 응시하며 답했다.

"모험가라는 일에 염증이 나서 흘러가듯 살아온 나를, 그 사람들은 아무런 의심도 없이 받아들여 줬어. 누구도 믿을 수 없었던 날, 구원해줬어."

처음에 나를 적대시했던 것도 저택 사람들을 지키고자 해서였지. 제노비아가 저택 사람들을 끔찍이 생각하는 마음은 나도 알고 있다.

"그리고 당주님 역시 구원받은 사람이라고 했어. 사람은 이어져 가는 거라고. 돕고 도우면서, 팔크스가 사람들은 그렇게 이어져 왔다고 했어."

그렇군. 저택이 무척 편안하고 따뜻하게 느껴지는 건 모두가 서로를 아끼는 마음 때문이었어. 당연한 것처럼 지내

와서 몰랐다.

"내가 하려는 건, 팔크스 사람들이 해준 걸 흉내 내는 거야. 그러니까 나한테 은혜 같은 거 느끼지 않아도 돼. 내가 그렇게 하고 싶은 거니까. 너희를 돕고 싶은 이유는 그게 다야."

제노비아가 또 멋있는 말을 했어……!

역시 열이라도 있나. 엄청 걱정돼.

고릴라 소리를 내지 않는 제노비아 따위 제노비아가 아니야.

"어, 언니……."

"멋져요……."

"멋져——."

세 아가씨가 뺨을 물들이고 제노비아를 황홀하게 바라봤다.

어라라? 나도 아까 비슷한 말을 했는데, 이 태도 차이는 뭐지?

"행동의 차이, 려나~."

우와앙. 헤카테가 최후의 일격을 가했어.

"암튼, 뭐냐. 많이 먹어. 그런 다음에 너희 언니들을 구하러 가자. 헤카테 씨는 훌륭한 지혜자고, 나도 실력에는 나름대로 자신 있어. ……저 사이비 개도 보기보다 든든한 녀석이야."

오, 제노비아가 수줍 모드다.

하지만 그 정보는 좀 잘못됐어. 나는 도움이 되지도 않고, 될 생각도 없어.

치유계 펫이 활약해버리면 안 되잖아!

† † †

음식을 전부 해치우고 식후 차를 마시면서 느긋한 시간을 보내고 있는데, 헤카테가 계단에 눈길을 줬다.

"슬슬 올 때가 됐나……."

헤카테가 중얼거린 직후, 계단을 오르는 가벼운 발소리가 들려왔다.

새로운 손님이 온 모양이다. 2층에 찾아온 손님은 우리에게는 눈길도 주지 않고, 곧바로 자기 자리로 향했다.

아까 점장이 말한 예약 손님일까.

이 로프트석은 기본적으로 예약석뿐인지, 우리 말고는 이 손님뿐이다.

"…………."

후드를 깊이 눌러썼지만, 키는 상당히 작고 몹시 호리호리한 체형이다.

여자일까. 하지만 이런 밤중에 혼자 올 곳은 아닌 듯한데.

"후…… 아직 안 온 모양이군요. 그쪽에서 불러놓고, 상인으로서의 예의가 없군요."

자리에 앉아 후드를 벗었다.

세로로 말린 근사한 금발이 둥실 하고 퍼졌다.

"멍?!(드, 드릴 머리 아가씨잖아!!)"

그 사고뭉치 마물광, 드릴 머리 아가씨 엘리자베스 양이 어째선지 그곳에 앉아 있었다.

"제시간에 왔네~."

제시간이라니, 어째서 헤카테는 드릴 머리 아가씨가 오는 걸 알았어?

의심스러운 눈길을 보내도 헤카테는 와인 잔을 흔들며 미소 지을 뿐이다.

"찍(흠. 역시 마녀님은 수상하구나.)"

"냐옹(주인님의 그런 태도는 겉보기가 다예요. 폼을 잡는 것뿐. 속은 나쁜 일 따윈, 조금도 생각하고 있지 않아요——으악!)"

나프라는 쓸데없는 말을 하지 않으면 죽는 병에라도 걸린 걸까.

"흐냐옹!(주인님, 잘못했어요! 용서해주세요!)"

테이블 밑에 밟혀 나동그라진 나프라를 위해 기도했다.

"저기, 당신들, 조용히 하세요. 이제부터 중요한 회담이⋯⋯."

시끄러운 우리에게 주의를 주려던 드릴 머리 아가씨가 얼어붙었다.

"다, 당신은, 설마 그때 그 아름다운 개?!"

"멍멍(맞아요. 제가 그 아름다운 개예요.)"

그렇게 말해주는 건 드릴 머리 아가씨뿐이야. 그런 점은 좋아. 펫이 되는 건 사양이지만. 언제까지나 옹이 눈깔인 너로 있어줘.

"여, 여긴 어떻게? 메어리도 같이 왔나요?"

아니, 아가씨는 없어. 데리고 왔으면 엄청 좋아했겠지만.

예정대로라면 이 이후에 엘프 아가씨들을 구하는 모양이니까 위험한 곳에 데리고 오는 건 좀 그래.

근데 드릴 머리 아가씨는 이런 곳에 혼자 뭘 하러 온 거지. 이 주변도 치안이 좋다고는 못 할 것 같은데.

드래곤 크리스티나를 데리고 왔으면 그 이상의 호위는 없겠지만, 오늘은 없나 보군.

데리고 왔으면 이 술집 주변에 한바탕 난리가 났을 거다. 돈으로 위병을 조용히 시킬 수 있어도, 주민들의 소란을 잠재우는 건 무리니까.

"당신은 메어리의 주치의 선생님이셨죠. 거기 검사님도 메어리를 배웅할 때 본 적이 있어요. 거기 세 사람은 처음 보는군요⋯⋯."

역시 대상인의 딸이라는 걸까. 주눅 들지 않고 우리 테이블로 와서 말을 걸어왔다.

"왜 여기에 있어요? 또 여행을 온 것 같지는 않네요."

"응~. 설명하고 싶지만, 저분과의 대화는 괜찮은 거야~?"

헤카테가 가리킨 방향을 돌아봤다. 마침 남자들이 계단을 오르고 있었다.

"쯧! 이야기는 나중에 하죠. 우선 저 사람들과 대화를 매듭지어야 해요."

드릴 머리 아가씨는 진지한 표정으로 자리로 돌아갔다.

헤카테는 그 뒷모습을 배웅하면서 검지를 가볍게 흔들었다.

공중에 글자를 새기는 듯한 그 동작에 무슨 의미가 있는지는 몰라도, 드릴 머리 아가씨가 놀란 표정을 지었다.

"멍멍(헤카테, 뭘 한 거야?)"

"후후. 곧 알게 돼~."

헤카테의 그런 의미심장한 태도, 왠지 야릇해.

그러는 사이에 남자들이 계단을 올라왔다.

앞장선 사람은 챙이 좁은 원통형 모자를 쓴 신사복 차림의 작은 남자다. 수상쩍은 미소를 얼굴에 붙이고, 드릴 머리 아가씨가 앉은 자리로 향했다.

"이거 기다리게 해서 죄송합니다. 약속대로 혼자 와주신 모양이군요."

응? 이 녀석 무슨 소리야? 바로 옆자리에서 우리가 대놓고 보고 있는데.

"찍(모습을 감추는 마법이니라. 금발 소녀가 떠나기 전에, 마녀님이 이 테이블 주위에 걸었느니라.)"

아까 검지를 흔든 건 마법을 써서였군.

드릴 머리 아가씨가 순간 놀란 것은 우리 모습이 갑자기 사라지고, 곧바로 상황을 이해해서였군.

큭. 드릴 머리 아가씨, 확실히 나보다 똑똑해. 높은 곳을 좋아하는 시점에서 나와 같은 과라고 생각했는데!(일본에는 '바보와 연기는 높은 곳을 좋아한다'라는 속담이 있다)

실크해트를 쓴 남자의 뒤에는 건장한 사내 다섯이 있다. 세트로 소매가 긴 코트를 걸쳤는데, 덥지 않은 걸까.

사내들은 자리에 앉지 않고, 호위 대상을 지키듯이 테이블을 반원으로 둘러쌌다. 역시 이 녀석들도 우리를 눈치챈 낌새는 없다.

"이 남자들이 언니들을······?!"

"쉿. 기다려. 상황을 지켜보자."

제노비아는 마법을 눈치챘는지, 세 아가씨를 제지하고 드릴 머리 아가씨의 모습을 살폈다.

"전에 만났을 때보다 위세가 좋아졌군요."

"다 아가씨께서 특별히 신경 써주신 덕분입니다."

우와. 손 비비는 게 완전 수상해. 히죽거리는 얼굴이랑 합쳐져서 수상함이 배로 늘었어.

용케 이런 녀석한테 살 생각을 했군. 이 녀석은 절대로 장사에 맞는 사람이 아니야.

"마실 거라도 주문할까요? 아니면 식사라도 즐기시면서 대화 나누실까요. 변두리 술집이지만 맛은 나쁘지 않은 모양입니다."

"됐어요. 바로 본론으로 들어가 주시겠어요?"

드릴 머리 아가씨가 단칼에 거절하자, 상인은 짝 하고 손뼉을 치고는 과장되게 펼쳤다.

"그럼 바로 말씀드리죠. 이번에도 아가씨를 위해 많은 희귀한 동물을 사들이는 데 성공했습니다. 시장에 넘기기 전에, 꼭 아가씨께 보여드리고 싶어 이렇게 모셨습니다."

희귀한 동물이라기보다, 마물이지.

드릴 머리 아가씨의 집에서 기르던 동물은 전부 다 마물이었다. 지금은 마랑족이 지키는 숲의 주민으로 살고 있지만, 애초에 그들은 인간의 손에 길러지는 존재가 아니다.

드릴 머리 아가씨는 끝까지 마물들을 동물이라고 믿었던 모양이지만, 아직 질리지 않은 건가.

크리스티나 같은 예외를 제외하고, 마물이 인간을 따르는 건 어려울 텐데.

또다시 목줄의 힘에 기대봤자, 머지않아 고장 나서 폭주하게 될 뿐이야.

부모의 불화로 외톨이였던 드릴 머리 아가씨가 외롭게 지내 온 건 안다.

펫을 사 모은 것도 외로움을 달래기 위해서다.

하지만 이제 그럴 필요는 없어졌다고 생각했다.

메어리 아가씨라는 친구가 생기고, 펫이었던 동물들이 떠난 후에도 혼자 남은 크리스티나와의 인연이 드릴 머리 아가씨를 변화시켰다고 생각했다.

드릴 머리 아가씨의 외로움의 달래기에는 아가씨나 크리스티나로는 부족했던 걸까.

그렇다면, 조금 슬픈데.

"괜찮으시다면, 이 뒤에 당장이라도 안내해드리겠습니다."

"아뇨. 그럴 필요 없어요."

드릴 머리 아가씨의 대답은 내 예상과는 달랐다.

펫 이야기를 거절하고, 가죽 주머니를 상인 앞에 던졌다.

"전에 구입한 가격의 배예요. 이걸로 동물들을 원래 있던 곳으로 풀어주는 걸 의뢰할게요."

"풀어준, 다고요? ……뭔가 마음이 바뀔 만한 일이라도 있으셨습니까?"

상인은 돈이 든 가죽 주머니가 아니라, 탐색하듯이 드릴 머리 아가씨를 쳐다봤다.

"제가 했던 일이 잘못됐다는 걸 알았기 때문이에요. 외로우면 도망치지 말고 부모님과 마주해야 한다는 걸 깨달았기 때문이에요."

드릴 머리 아가씨가 보이지 않을 터인 내 쪽을 힐끔 바라봤다.

"그걸 알려준 건 소중한 친구들이었어요. 동물들을 가둬두면서까지 위안의 상대로 삼는 건 의미 없어요."

드릴 머리 아가씨는 제대로 성장해 있었다. 주변인들의 불편은 아랑곳 않고, 제멋대로 굴며 큰 소리로 웃어대던 모습은 어디에도 없다.

"아니, 부모님과 마주한다면, 저와의 관계도 말씀하시는 겁니까?"

결별의 뜻을 밝힌 드릴 머리 아가씨에게 상인은 기분 나쁜 미소를 지었다.

"제가 견실한 장사꾼이 아니라는 건 어렴풋이 눈치채셨을 텐데요? 따님이 의심스러운 장사꾼과 관계를 맺어왔다는 사실이 알려지면, 아버님의 일에 지장이 생기지 않을까요?"

"……저를 협박하시는 건가요?"

분위기가 험악해졌어. 드릴 머리 아가씨는 당차게 굴고 있지만, 기세에 눌린 것은 부정할 수 없다.

"그럴 리가요. 협박할 생각 따위 없습니다. 아가씨의 생각은 잘 알았습니다. 아주 현명한 판단이라고 생각합니다. ……그건 그렇고, 전에 사주신 펫들은 어떻게 됐는지요?"

"그건………… 모두 도망쳤어요."

"도망쳤다라! 그런 일이 생기면 거리가 보통 소란이 아닐 텐데, 그런 이야기는 듣지 못했군요."

그건 나프라가 모두 숲으로 보냈으니까. 드릴 머리 아가씨의 입장에서는 순식간에 도망친 것처럼 보였겠지.

"제가 거짓말이라도 한다는 건가요?"

"흠. 그렇게는 보이지 않으니 당황스럽군요."

상인은 손가락으로 턱을 문지르면서 인상을 썼다.

"솔직히 말씀드리면, 아가씨가 마물의 습격을 받고 살아 계실 줄은 몰랐습니다."

"그게 무슨……."

그때 우리가 없었다면 마물들은 드릴 머리 아가씨를 덮쳤 겠지. 크리스티나가 재빨리 지켰다 해도, 언젠가는 같이 살

해당했을 거다.

그러나 문제는 그게 아니다. 이 녀석의 발언은 처음부터 목줄이 불량품인 걸 알았다는 게 된다. 아니, 어쩌면 처음부터 망가지도록 세공된 걸지도 모른다.

"예정대로라면 미친 마물들이 가신들까지 모조리 죽이는 거였습니다만, 대체 무슨 기적이 일어난 건지 모두들 무사하시군요."

예상이 적중했다.

"모건 상사를 망하게 할 좋은 기회라고 생각했는데 말이죠. 그러기는커녕 그 팔크스 상회와 거래까지 트게 됐으니, 일이 참 쉽지가 않습니다."

"다, 당신, 대체 무슨 소릴 하는 거예요?!"

"그러니까, 실패의 뒤처리란 말입니다. 오늘은 인적이 드문 곳으로 꾀어내서 죽일 생각이었습니다만, 이런 분위기라면 순순히 따라와 주진 않을 것 같군요."

상인이 실크해트를 쓰고 뒤로 물러나자, 사내들이 드릴 머리 아가씨의 퇴로를 막았다.

"조금 눈에 띄겠지만, 여기서 처리하죠."

그 말을 신호로, 사내 중 한 명이 팔을 번쩍 쳐들었다. 소매가 긴 코트 속에 감춰져 있던 것은 긴 갈고리 손톱이다.

날카롭게 빛나는 그 날이 드릴 머리 아가씨의 얼굴을 찢으려 아래로 쇄도했다.

"멍(응, 안 돼——.)"

끼어든 내 등에 맞은 갈고리 손톱은 너무나도 쉽게 부러졌다.

이 몸은 제노비아의 강철검에 익숙한 몸이야. 이제 와서 그런 어설픈 공격 따위 무섭지 않아.

"……머엉(……미안, 뻥이야. 살짝 지렸어.)"

아프지 않은 걸 알아도 무서운 건 무서운 거야. 뛰어든 용기를 높게 봐줘!

"아니?! 이 마물이 어디서?!"

"이런 마물을 판 기억은 없습니다!!"

나도 팔린 기억은 없어. 제대로 정규 펫 숍에서 판매된 혈통 있는 펫이야!

갈고리 손톱을 꺾인 사내가 믿을 수 없다는 표정을 지었다. 사내들 눈에는 내가 갑자기 나타난 것처럼 보였겠지. 사실은 콧김이 닿을 정도로 가까이에 있었어.

"큭. 같이 죽여라!"

상인이 비명처럼 외쳤다. 그러나 사내들은 단 한 명도 그 목소리에 응답하지 않았다.

"잘 막았어, 로타."

제노비아의 목소리가 들리는가 싶더니, 호위 사내들이 픽픽 쓰러져 누웠다.

내가 드릴 머리 아가씨를 지키면서 주의를 끄는 사이에, 제노비아가 적을 쓰러뜨렸다. 훌륭한 합동 작전이지?

작은 목소리로 『가라』라고 하는 것만으로 이걸 하게 하는 제노비아, 완전 무서워. 실수하면 어쩌려고. 나를 믿지 마세요.

"당주님이 희생자를 내는 건 피하라고 하셨다. 네놈들 같은 악당들이라도 칼등치기로 끝내줬어."

칼등치기라기보다, 그냥 맨손으로 뚜들겨 팬 거죠. 그래도 일단 검사니까 검을 쓰자. 우리 집 폭력 담당은 고릴라보다 더 근육 뇌야.

"네놈들은 벨 가치도 없다. 하룻밤 기절해 있어. 더러운 피로 명공의 훌륭한 작품을 녹슬게 하긴 싫으니까."

나로 시험 베기를 하는 건 괜찮은 건가요. 넌 벨 가치가 있어 같은 높은 평가는 필요 없어요.

"큭, 쓸모없는 놈들……!"

상인이 뒷걸음질 쳤지만, 그 등 뒤를 세 아가씨가 가로막아 섰다.

"도망 못 가!"

"언니들이 있는 곳을 알려줘야지——."

"고문? 고문하는 거예요?"

목줄에 대해서도 알고 있었고, 이 녀석이 관계자인 건 틀림없다.

고문은 몰라도, 이 녀석들은 엄연히 살인 미수니 위병한테 넘기는 건 확정이군. 그전에 이것저것 이야기를 듣고 싶은데.

"그, 그래요오오오오……!"

아차, 드릴 머리 아가씨를 잊고 있었다. 갑자기 공격을 받고 패닉 상태다.

특별 서비스야. 날 쓰다듬으면서 진정해.

상인이 잡히는 건 시간문제겠지. 제노비아가 앞을 막고, 등 뒤를 세 아가씨가 막았다. 호위는 전원 기절해서 아군은 없다. 거기에 범행 현장을 목격한 증인도 확실히 있다.

완전히 독 안에 든 쥐다.

그런데도 상인은 항복할 마음이 없는지, 증오에 찬 시선으로 우리의 동태를 살피고 있다.

"——이봐, 너희들! 남의 가게에서 웬 소란이야! 싸울 거면 딴 데 가서 싸워!"

소란을 눈치챈 점장이 성큼성큼 계단을 올라왔다.

지금은 정신없으니까 올라오지 않는 게 좋아.

"쯧!"

상인의 혀 차는 소리가 들리는가 싶더니, 창문이 깨지는 소리가 울려 퍼졌다. 찰나의 빈틈을 뚫고, 2층의 창문이 깨져 있었다.

"멍?!(뛰어내렸어?!)"

투신자살은 밑에 있는 사람까지 끌어들이게 돼서 악수야. 블랙기업 다닐 때 이것저것 알아봐서 잘 알아.

지금은 그런 터무니없는 생각을 할 때가 아니다. 서둘러 창문으로 밑을 내려다봤다.

"멍?!(우와, 대박!!)"

창문으로 탈출한 상인은 건너편 건물 벽을 차고 지붕으로 뛰어올라 그대로 도망쳤다.

살찐 작은 남자의 움직임이 아니다.

"멍?(닌자 같은 건가?)"

"저 움직임은 단순한 장사꾼이 아니군……! 하지만 그 정도 속도로는 날 따돌릴 수 없어!"

창틀에 발을 디딘 제노비아가 밤의 거리로 날아올랐다.

한 번에 건너편 지붕으로 뛰어오르더니, 사이비 상인을 쫓아가 버렸다.

"멍?!(이, 이거, 나도 따라가야 하는 건가?!)"

제노비아를 혼자 보내는 건 걱정된다. 방향치적인 의미에서.

"기다려, 로타."

창틀에 앞발을 걸치고 망설이는 나를, 헤카테가 막았다.

"멍?(쫓아가지 않아도 돼?)"

"그쪽은 괜찮아. 지금 잡지 말고 이대로 풀어두자."

헤카테에게는 뭔가 생각이 있는 모양이다. 이 난리 통에 혼자 우아하게 와인을 마시고 있었다.

"쯧. 말썽은 일으키지 말라고 했잖아."

괴로운 얼굴로 점장이 다가왔다.

"그런 말 안 했어~."

"그랬나? 아무튼, 술값에 창문 변상비까지 추가하는 걸로 봐줄게."

입술을 삐죽이는 헤카테에, 점장은 씁쓸히 웃으며 정리하기 시작했다. 우리 사정에는 관심이 없는 모양이다.

"아아. 아가씨들은 유리에 손대지 마. 내가 치울 테니까."

유리보다 기절한 남자들을 어떻게 해줬으면 좋겠는데. 묶지 않아도 되는 건가.

뭐, 장난 아니게 센 제노비아한테 맞았으니 깨어날 일도 없나.

이런 소동은 일상다반사인지 1층의 손님들도 당황한 낌새는 없다. 조용했던 건 잠시뿐, 금세 시끌벅적함을 되찾았다.

"그쪽 분들 계산은 저한테 돌려주시겠어요?"

안정을 되찾은 드릴 머리 아가씨가 점장에게 말했다.

어깨를 움츠리는 것을 승낙으로 받아들이고, 드릴 머리 아가씨는 헤카테가 앉은 맞은편에 걸터앉았다.

"정식으로 인사드릴게요. 엘리자베스 모건이라고 해요. 조금 전에는 목숨을 구해주셔서 감사했어요. 이 답례는 반드시 할게요."

과거의 오만한 태도가 거짓말인 것처럼 드릴 머리 아가씨가 깊숙이 머리를 숙였다.

"그리고 그쪽의 사정을 듣고 싶어요. 저도 관계가 없지 않은 것 같고요."

"얻어먹었으니 거절할 수가 없네~. 그럼, 걸으면서 이야기할까? 잘 먹었어, 보르도프."

"그래. 길드에서 사람을 부를 테니까 여긴 신경 쓰지 마. 계산해줄 사람도 있는 모양이고."

"멍!(드릴 머리 아가씨, 잘 먹었어요!)"

얻어먹는 밥 맛있어요.

계단을 내려가는 헤카테에게 점장은 대충 손을 흔들었다. 우리도 헤카테의 뒤를 따랐다.

계산을 마치고 밖으로 나왔을 무렵에는 밤도 완전히 깊어 살짝 으스스할 정도였다.

"멍멍(역시 크리스티나는 안 온 건가.)"

어디를 가든 드래곤을 타 버릇하던 비상식적인 아가씨는 이제 없는 모양이다.

"어이, 인간."

키 큰 엘프 아가씨 오르르가 드릴 머리 아가씨를 불러 세웠다.

"뭐예요?"

"얘가 크리스티나는 어쨌냐고 물어——."

"크리스티나가 누구예요? 친구예요?"

미각이 사망한 지룡(地龍)이야. 그보다, 통역해달라고 한 적 없어요.

"크리스티나는 집에 있어요. 원래 산책을 좋아하는 애도 아니었고, 사람들한테 과시하는 건 이제 관뒀어요."

자신의 과거 행실을 부끄러워하듯 말하고, 드릴 머리 아가씨는 문득 깨달았다.

"……!! 다, 당신들!"

그러고는 엘프 아가씨들에게 바싹 다가섰다.

"당신들, 혹시 동물의 말을 알아요?!"

"동물 말은 모르지만, 이 녀석은 동물이 아니라 고위 마물이니까――."

"멍멍!(그 입 다물라, 엘프! 셧 업!)"

드릴 머리 아가씨를 통해 아가씨한테 개가 아니라는 게 알려지면 어쩌려고?! 내 펫 라이프를 망가뜨리려고 하지 마!

"굉장해요! 저도 알 수는 없어요?!"

"그, 글쎄――? 엘프가 아닌 사람은 좀 어려우려나……."

"그렇군요……. 아쉬워요. 크리스트나와 대화할 수 있으면 분명 즐거울 거라고 생각했는데……."

관두는 게 좋아. 그 녀석, 드릴 머리 아가씨한테 밟혀서 기분 좋아 같은 말밖에 안 하니까.

"멍……(정말, 드래곤들은 변태뿐인 거냐.)"

"찍(나리만큼은 그런 말 하는 거 아니니라.)"

"냐옹(로타 씨는 좀 더 자기 자신을 직시해야 해요――. 종족 문제나.)"

"멍!(개입니다만? 복슬복슬한 털이 사랑스러운 반려견입니다만? 동그란 눈동자가 귀엽잖아?)"

"찍, 찍(타, 탁해. 그 눈, 탁해졌느니라.)"

"냐옹(전력을 다해 자신을 속이려 하고 있어요――.)"

언제나의 레퍼토리를 주고받으면서 우리는 헤카테를 뒤

따라 걸었다.

"아무튼, 아까는 묻는 걸 놓쳤는데, 당신들이 왕도에 다시 온 이유는 뭐예요? 메어리나 간돌프 님이 없는 건, 이 일과는 관계가 없어서인가요?"

"그랬네~."

헤카테가 간략히 사정을 설명했다.

엘프 아가씨들이 노예로 납치된 언니들을 찾고 있는 것.

언니들이 잡힐 때 병사가 손에 들고 있던 목줄이 드릴 머리 아가씨의 펫이 차고 있던 것과 같은 것이라는 것.

그 공통점에 의지해 드릴 머리 아가씨에게 이야기를 들으러 왕도에 온 것.

이야기를 들을 것도 없이 모든 악의 근원일 터인 상인이 나타나, 엘프 아가씨들이 있는 곳을 알고 있을 가능성이 크다는 것.

드릴 머리 아가씨는 헤카테에게 사이사이 질문하면서 대략적인 사정을 이해한 모양이다.

"그렇다면, 더더욱 그 상인을 잡아야 하는 거 아닌가요?"

"도망치기 전에 좌표를 박아둬서 언제든 추적할 수 있어~."

"하아, 좌표……."

헤카테와 나프라가 쓰는 공간 마법은 전이 장소에 좌표를 박아두지 않으면 겨냥해서 날 수 없는 모양이다.

참고로 내 몸에도 붙어 있다.

"그래도 슬슬 나설 때려나~."

헤카테가 지팡이를 휘둘렀다.

그러자 지면이 하얗게 빛나고, 제노비아가 나타났다.

"네 이놈! 감히 날 따돌리다니!"

좌우를 휙휙 노려보며 제노비아가 이를 갈았다.

보나마나 도중에 길을 잃은 것뿐이잖아.

상대가 잠시라도 시야에서 사라지면 곧바로 길을 잃는다. 그게 제노비아 퀼리티다.

"헉?! 헤카테 씨?! 여긴 언제?!"

불려진 것도 눈치채지 못했던 모양이다. 역시 힘에 몰빵한 여자. 참 꾸준해.

그나저나, 대상 곁으로 이동하는 것뿐만 아니라 불러들이는 것도 가능하다니. 편리한 마법이야.

"엘리자베스는 어쩔래~? 돌아갈 거면 집까지 데려다줄게~."

"아니에요. 저도 갈게요. 목줄이 뭔지 몰랐다고는 해도, 구입한 저한테도 책임이 있어요."

저 씩씩한 대답이라니. 모건 상사는 걱정 없겠어. 이제 그 영양 빼고는 최악인 펫 사료만 없으면 우량 물건이다. 밥이 맛없다는 시점에서 마이너스 1억 점이지만.

"그럼, 다 모였으니 진짜 목적지로 갈까~."

다시 헤카테가 공간 마법을 발동하고, 우리는 상인이 도망친 장소로 향했다.

† † †

"하아, 하아…… 따돌렸나……."

무서울 정도로 발이 빠른 추격자였다. 일류 간첩인 자신
이 하마터면 막다른 골목에 몰릴 뻔했다.

어째선지 중간에 놓쳐줬기에 망정이지 그대로 계속 쫓아
왔으면 아지트까지 도망치는 건 불가능했을 거다.

실크해트는 진즉에 벗겨지고, 연미복은 구깃구깃하다.
숱이 줄어든 머리카락은 땀에 젖어 이마에 찰싹 달라붙어
있다.

이미 부유한 상인의 모습은 온데간데없고, 어디에나 있는
궁상맞은 작은 사내가 있을 뿐이다. 표정까지 사라진 얼굴
은 몰개성의 극치로 다른 곳에서 만난다면 누구도 상인인
줄은 모를 것이다.

"임무는 실패했어……."

남자가 간신히 도착한 장소는 왕도의 항구에서 그리 멀지
않은 대형 창고였다.

"설마 그런 놈들을 아군으로 뒀다니……. 어린 계집이
라고 얕봤어……."

암살은 실패했다. 왕가와 인연이 깊은 팔크스 변경백에게
타격을 주기 위해, 그 산하에 들어가려 하던 모건 상사의 세
력을 약화시키는 것이 목적이었지만, 이렇게 돼버린 이상
당분간 손을 대기는 어려울 것 같다.

일단 도망쳐 다음 기회가 올 때까지 숨어 있는 수밖에 없겠지.

창고 문을 열고, 안으로 숨어들었다.

어두컴컴한 그곳에는 수많은 우리가 있고, 각지에서 잡아들인 마물들이 우리에 갇혀 있었다.

모든 마물은 목줄이 채워져 있고, 흐리멍덩한 눈동자로 웅크려 앉아 있었다.

"왕가 전복을 위한 무수히 많은 계획 중 하나라고는 해도, 증거를 남겨둘 수는 없지. 날뛰는 마물을 거리에 풀고, 소란을 틈타 배로 도망쳐야 해."

임무는 명백히 실패했지만, 손해를 하나라도 끼치지 않으면 수지가 맞지 않는다.

거리에 마물을 풀면 상당한 피해가 나오겠지.

중가(中街)의 벽 안쪽에는 피해를 줄 수 없어도, 왕도의 인구 대부분은 외벽 주변인 하가(下街)에 모여 있다.

완벽한 방비를 자랑하는 왕도에서 그만한 사건이 발생하면, 왕가에 대한 신뢰가 흔들리는 하나의 원인은 될 수 있다.

목줄에 명령하면, 마물들은 폭주해 우리를 부수고 거리로 뛰쳐나가겠지. 궁여지책으로는 충분하다.

"하지만 그전에……."

회수해야 할 짐이 있었다.

남자는 우리 사이를 비집고 들어가, 가장 안쪽에 도착했다.

우리에 씌워둔 천을 벗겨내자, 그곳에는 두 여자가 누워 있었다.

"너희는 희귀품이야. 앞으로 얼마든지 쓸 데가 있어."

아름다운 은발의 엘프. 변경의 숲에 살고 있던 엘프의 마을을 습격해, 손에 넣은 단 두 명의 엘프다.

팔아서 도망 자금으로 해도 되고, 금기 마술이나 마도 병기의 촉매로 써도 된다. 왕가 전복을 위한 계획에 어떤 식으로든 투입할 수 있다. 이곳에 방치하기는 아까운 존재였다.

게다가 암살 예정인 영애를 지킨 무리 중에는 같은 엘프가 몇 명 있었다. 이들과 관계된 자라면 정보를 캐물어질 가능성도 있다.

이 자리에서 처리한다는 선택지를 취하지 않는 이상 엘프들은 반드시 데리고 나가야 했다.

"일어나."

"……윽."

남자가 명령하자, 두 사람은 움찔 몸을 떨고는 느릿한 동작으로 상체를 일으켰다.

"우리를…… 풀어……줘……!"

지칠 대로 지쳤지만 강한 의지가 깃든 눈동자로 엘프들이 노려봐왔다.

"역시 지능이 높은 종족한테는 마법 효력이 약한 모양이군……. 위에다 술식 개선을 요청해야겠어."

의식을 봉인할 수는 없어도 몸은 명령대로 움직이는지, 엘프들은 자물쇠가 열린 우리 안에서 나왔다.

"서둘러라. 이곳을 나가면 마물들을 폭주시킨다."

"그런 짓…… 용서 못 해……!"

"닥치고 따라와."

목구멍을 옥죄인 듯이 괴로워하는 엘프들을 데리고, 남자는 창고의 출구로 향했다.

그 출구가 굉음을 퍼뜨리며 벌컥 열렸다.

† † †

"천하의 나쁜 놈, 거기까지다!"

전이하자마자, 상인의 말소리를 들은 제노비아가 창고로 쳐들어갔다.

역시 근육 뇌야. 타이밍을 재거나 작전을 짠다는 생각은 애초에 하지 않는다.

"멍!(그런 생각할 때가 아니야. 마물을 폭주시킨다고 했어. 빨리 막아야 해!)"

"찍——(날뛰면 혼내주면 그만 아니냐. 나리라면 간단한 일 아니냐.)"

젠장. 내 주위에는 근육 뇌밖에 없는 거냐. 펫인 나는 평화적인 해결을 원해.

우리도 제노비아의 뒤를 쫓았다.

"큭, 여길 어떻게……!! 따돌린 줄 알고 돌아다니게 한 거냐……! 네놈은 누구냐!"

"악당한테 댈 이름은 없지만, 원한다면 알려주지."

제노비아는 허리에 찬 검을 쓱 뽑아, 상인에게 들이댔다.

"제노비아 레온하트! 그게 네놈을 처단할 자의 이름이다!"

"뭐, 뭐라고오?! 그, 그 제노비아 레온하트라고오?!"

SS(더블에스)급 모험가! 천 명을 벤 자! 성채 파괴자! 최다 미궁 답파자! 피로 물든 사자심 여왕(크림슨 레온하트)!

상인의 입에서 불온한 별명들이 튀어나왔다. 젠장. 제노비아 주제에 중2스럽고 엄청 멋있어.

"그 제노비아 레온하트가 엮여 있다니……! 그럼, 길드도 이 사실을 이미……. 덫을 놔 암살하려 했는데, 내가 덫에 걸렸군……!"

상인이 원망스럽게 드릴 머리 아가씨를 노려봤다.

"후, 후후. 어리석군요!"

드릴 머리 아가씨, 의기양양해하는데, 지금 무슨 일이 일어났는지 모르는 거지?

"훌륭한 연기야. 내가 이렇게까지 완벽히 속다니……."

제노비아가 이름을 댔을 뿐인데, 상대가 제 발로 무덤을 파고 들어갔다.

중2적 유명인 무서워.

"빌어먹을, 여기까지인가……!"

상인은 품에서 칼을 꺼내더니, 엘프 아가씨를 끌어당겨 목에 바짝 갖다 댔다.

"비켜라! 다가오면 이 녀석 목을 베——."

"아이고. 못된 녀석이네~."

헤카테가 손짓하듯이 지팡이를 휘둘렀다.

상인의 발밑이 빛나고, 두 엘프만이 눈 깜짝할 사이에 우리 옆으로 전이했다.

"""언니!"""

세 아가씨가 언니들을 꽉 껴안았다.

"우르르, 에르르, 오르르……."

"아아, 다시 만나다니……."

쇠약해진 것 같지만, 다친 곳은 없는 모양이다.

흐느끼는 세 아가씨를 약하게나마 안았다.

"무슨?! 무슨 짓을 한 거냐!!"

인질을 잃고 앞으로 고꾸라진 상인이 경악해 외쳤다.

"설마, 공간 마법?! 그런 대마술을 술식도 짜지 않고 발동했다는 거냐?! 궁정 마술사 중에도 그런 자는 없었어! 너희는 대체……?!"

헤카테는 질문에 답하지 않고 미소 지을 뿐이다.

"크, 윽……."

힘의 차이를 철저히 보여줬다. 이번에야말로 궁지에 몰린 것을 깨달았는지, 상인은 칼을 떨어뜨리고 털썩 무릎을 꿇었다.

"순순히 항복해. 네놈들의 악행은 전부 관청에 실토해줘야겠어."

제노비아가 방심하지 않고 상인에게 다가갔다.

"……나한테도 의지라는 게 있어. 잡히는 것만은 피해야 해……."

어깨를 떨군 채, 상인은 뭐라고 중얼거렸다.

그리고 천천히 몸을 일으켰다.

"아직 저항하는 거냐."

"저항 같은 거 안 해……. 이건, 다 같이 가는 거다."

상인의 눈에 깃든 어두운 빛에 제노비아가 거리를 좁히려 했지만, 그것보다 먼저 상인이 주문 같은 말을 외쳤다.

그 순간, 창고에 얌전히 있던 마물들의 목줄에 달린 보석이 부서졌다.

"무, 무슨 짓이냐?!"

"나도 죽지만, 네놈들도 무사하게는 안 돼……. 최소한의 임무만은 달성하겠다! 수백 마물의 범람이다! 같이 죽어라!"

고장 난 것처럼 웃음을 터뜨린 상인에 호응하듯이, 우리 속의 마물들이 낮게 신음하며 몸을 일으켰다.

"히, 힉?!"

트라우마가 되살아났는지 드릴 머리 아가씨가 작게 비명을 질렀다.

이건 위험해. 드릴 머리 아가씨 저택의 재림이다.

이빨을 드러낸 마물들이 우리를 부수고 나왔다.

폭주한 마물은 주위에 있는 자 모두를 덮칠 것이다.

"핫핫하! 아무리 네놈들이라고 해도 이렇게 많은 숫자를 금방 죽이진 못해! 마물을 모두 쓰러뜨릴 때까지 몇 명의 백성이 희생될까?!"

상인은 자신의 파멸과 맞바꿔 반격을 꾀할 모양이다.

"네, 네놈이!! 이 악마 같은 놈아!!"

"얼마든지 욕해라! 이제 날 죽여도 소용없다!! 이 범람은 누구도 막을 수 없어!!"

의기양양해하는 상인에 제노비아가 이를 악물었다.

"멍……(음…….)"

두 사람 다, 미안.

분위기 잡는 중에 미안한데, 이거 괜찮아.

"냐옹(지금은 로타 씨가 나설 차례 아닐까요──.)"

"찍(어리석은 사내로구나. 나리가 있는 한 그 계획은 소용 없느니라.)"

"멍(아이고…….)"

나는 붉게 충혈된 눈의 마물들 앞에서 크게 숨을 들이마셨다.

일제히 달려든 마물들을 향해, 머금은 공기를 목소리로 토해냈다.

"어흐으으으으으으으으으으으으으으으으응!!(앉아아아아아아아아아아아아아!!)"

창고에 울려 퍼진 포효가 마물들의 성난 울음과 상인의 새된 웃음을 지웠다.

그리고 벽의 자재가 후드득 떨어지는 소리가 들릴 정도의 정적이 찾아왔을 때, 그곳에는 땅에 넙죽 엎드린 마물들이 있었다.

모두 꼬리를 둥글게 말고 앉아, 부들부들 떨면서 복종의 자세를 취하고 있다.

"멍(성공이군.)"

용감한 마랑족들조차 한 번에 입 다물리는 포효다. 모든 마물이 전의를 상실한 채 순한 양으로 변했다.

내 일은 여기까지다. 뒷일은 분명 맡겨도 괜찮을 거다.

"대, 대체 무슨 일이 일어난 거지……?"

상인이 주위에 엎드린 마물들을 둘러보며 아연실색했다.

"하압!"

그 틈을 파고든 제노비아의 주먹을 맞고, 상인은 공중에 떠올랐다.

"멍!(오오, 훌륭한 어퍼컷이야.)"

상인의 몸은 천장 부근까지 날아갔다.

의식을 저편으로 날려 보낸 상인이 땅에 쿵 하고 떨어졌다.

눈을 까뒤집고 완전히 정신을 잃었다. 이번에야말로 이 녀석의 계략을 꺾은 모양이다.

"멍(너희는 우리로 들어가! 나중에 구해줄 테니까 얌전히 있는 거야.)"

내 호령에 마물들이 겁을 내면서도 우리로 돌아갔다.

"앗, 우리가 뭘 하고 있었지……?!"

어째선지 마물과 같이 엎드려 있던 엘프 아가씨들이 제정신으로 돌아왔다. 목줄의 효과도 완전히 사라졌는지 조금 전보다 건강해 보인다.

옳지옳지 하고 끄덕이고 있는데, 제노비아가 나에게 의심스러운 눈빛을 보내왔다.

"로타, 역시 너……."

"멍?!(하윽, 망했다!!)"

제노비아 앞에서 힘을 써버렸다!

"…………뭐, 네가 수상한 건 처음부터 알고 있었어. 이제 와서 놀라지 않아. 이번 일은 네 공이야. 그걸 가볍게 볼 생각도 없어. 잘했어. 네 덕분에 왕도를 지켜 냈어."

제노비아가 서툴게 내 머리를 쓰다듬었다.

"머, 머멍?!(제, 제노비아가 관용을 베푼다고?! 말도 안 돼!!)"

이놈, 이 수상한 놈, 내 칼을 받아라, 라고 하지 않는 제노비아는 제노비아가 아니다.

"너, 또 무례한 생각 하고 있지……!"

"머, 멍!(아, 아니에요. 생각 안 했어요.)"

"어디까지나 넘어가는 건 이번뿐이야. 그 힘이 아가씨께 향했을 때는, 각오해."

"멍멍(그럴 일은 없어요.)"

내 펫 라이프는 아가씨를 빼놓고는 생각할 수 없으니까. 앞으로도 성심성의껏 모실 생각이에요. 참고로, 일할 생각은 없어.

제노비아는 훗 하고 웃고는, 내 머리를 다시 한 번 쓰다듬은 뒤 상인을 잡으러 갔다.

"당신은, 정말 굉장한 개였군요……."

드릴 머리 아가씨도 끝까지 패닉에 빠지지 않고 잘 따라와 줬어. 메어리 아가씨와는 다른 유형의 거물이 될 것 같다.

그리고 아직까지 나를 개라고 믿고 있는 옹이 눈깔이 대단해. 부디 그대로 변하지 말아줘.

"저 애들은 어떻게 되는 걸까요. 어디서 잡혔는지 기록이 남아 있으면 좋을 텐데요. 혹시 보호해야 한다면 저희 집에서……."

거기까지 말한 드릴 머리 아가씨는 눈을 질끈 감고 머리를 흔들었다.

"……아뇨, 안 되겠죠. 원하지 않는 곳에서의 삶을 강요하는 건 잘못됐어요. 그건 제가 이미 배운 거니까요."

뭐, 쟤네들도 마물이니까. 지금은 내 말을 듣고 얌전히 있지만, 크리스티나 같은 예외가 아닌 이상 인간들이 사는 곳에서 사는 건 어렵겠지.

"지금 제가 할 수 있는 건, 저 남자의 악행을 증언하는 거예요. 안정을 되찾으면 제가 만나러 갈게요. 메어리와는 이미 약속을 했어요."

그래, 언제든지 와. 환영해.

드릴 머리 아가씨 집에서 도망친 마물들을 몰래 만나게 해주는 것도 좋을지 모르겠군.

"저, 저기."

드릴 머리 아가씨와 바통 터치를 하듯 엘프 아가씨들 다섯 명이 함께 다가왔다.

"이야기는 들었어요. 당신이 우리를 구해줬다고요."

아니, 나는 별로 한 게 없어. 마지막에 살짝 짖었을 뿐, 실제로 움직인 건 제노비아랑 헤카테야.

"정말로, 고마워요."

첫째로 보이는 엘프가 머리를 숙이자, 뒤따르듯 엘프 아가씨들이 깊이 머리를 숙였다.

"멍멍(괜찮아.)"

일도 이렇게 원만히 마무리됐고.

"멍(근데, 앞으로는 어쩔 작정이야?)"

마을은 이미 없는 모양이고, 자매 아닌 다른 마을 사람들은 모두 뿔뿔이 흩어졌다고 했다.

"그렇죠……. 원래 살던 곳에 마을을 다시 짓는다 해도, 언제 또 그런 자들이 습격해올지 모를 일이고요……."

"갈 곳이 전혀 없어——."

"언니들을 구하는 것만으로도 벅찼으니까."

"도적 생활을 계속하는 수밖에 없나……."

그건 안 되지. 인간이 모두 저택 사람들처럼 좋은 사람만 있다고 생각하면 큰 오산이야. 잡히면 그야말로 노예로 팔려갈 수도 있어.

"어머~ 그럼 좋은 곳을 알아~."

헤카테가 삼각모를 손끝으로 빙빙 돌리면서 걸어왔다.

"아무도 모르는, 자연이 풍부하고 살기 좋은 곳이 있지~."

"그, 그런 곳이……!"

"루루알스 님! 꼭 알려주세요!"

"그래~. 그럼, 숲의 왕에게 부탁해볼까."

헤카테가 나를 쳐다봤다.

나냐. 나는 왕이 아니고, 그 숲은 아빠 땅이야.

하지만 헤카테 말대로 마랑족이 지키는 그 숲이라면 절대적으로 안전하다.

같은 엘프인 헤카테도 살고 있고, 마을을 다시 짓기에는 좋은 장소겠지. 말도 안 되게 넓으니 몇 명이 오든 문제없어.

무슨 일이 생기면 바로 구하러 갈 수 있고.

"멍(난 상관없어. 잡혀 있던 마물들도 원한다면 데리고 갈 생각이었고.)"

"정말요?! 고맙습니다!"

"왕 굉장해!"

"왕 고마워!"

엘프 아가씨들이 껴안아 왔다.

우헤헤. 무슨, 무슨.

"찌익찍찍!(에잇, 떨어져라, 암컷들! 나리는 내 남편이니라! 첩이 되고 싶으면 줄을 서거라!)"

"쥐, 쥐가 말을 하고 있어요……!!"

"찍!!(드래곤이니라!!)"

내 머리 위에서 폴짝폴짝 뛰지 말아줄래요.

"그럼, 모두 전송할까? 나프라, 도와줘."

"냐옹(네!)"

이리하여 하룻밤의 소동은 막을 내렸다.

그 상인이 무슨 짓을 꾸몄었는지는 몰라도, 뒷일은 높으신 분의 일이다. 펫인 나하고는 관계없어.

창고에서 내다보이는 수평선으로, 태양이 고개를 내밀고 있었다.

벌써 아침이군. 밤새 깨어 있어서 상당히 졸린다. 오늘은 낮잠이 달 것 같다.

돌아가서 아가씨한테 만져달라고 하면서 실컷 자야지.

03 또 도둑이다? 했더니 사신이 왔다!

엘프들이 숲에 정착하고 어느 정도 시간이 흘렀다.

헤카테가 아빠에게 재건 자금을 융통받은 덕분에 마을 건설은 순조롭다고 한다. 동료도 조금씩 불러들이고 있는 모양이다.

조만간 또 놀러 오라고 했으니 선물을 들고 만나러 가자.

"멍──(그 키 큰 엘프가 막내였던 게 제일 충격이었어.)"

첫째의 이름이 아르르이고 둘째가 이르르인 걸 듣고, 설마 태어난 순으로 이름이 정해진 건가 하고 물어봤더니, 엘프의 기준이 아니더라도 완전 애기였다.

남에게 얕보이지 않으려 그런 말투를 썼던 모양이다. 그런 것도 합법 로리라고 하는 걸까.

"멍멍(아무튼, 오늘도 컨디션 좋고, 아침밥이 기대돼요.)"

아저씨가 있는 곳으로 아침을 먹으러 사뿐사뿐 걸어갔다.

"오, 왔냐."

오늘의 아침 메뉴는 채소 테린이다.

테린은 거칠게 말하면 서양식 묵이다.

묵과는 만드는 법이 완전히 다르고, 원래는 질그릇 단지 (테린)에 넣고 재료를 구운 요리를 말하는데, 이것은 불을 거의 사용하지 않는다는 모양이다.

직사각형의 단지에 삶아둔 양배추를 깔고, 그 위에 미니 옥수수와 아스파라거스, 주키니 같은 채소를 한 층 쌓고, 그 위에 닭 뼈 베이스로 국물을 낸 젤라틴 액을 얇게 흘려 넣는다.

채소, 젤라틴, 채소, 젤라틴 순서로 여러 번 단을 쌓고, 마지막에 다시 양배추로 감싸듯이 덮는다.

그런 뒤 냉암소에서 식혀 젤라틴이 굳은 것을 확인한 다음 단지에서 빼낸다.

이대로라면 네모나고 큰 양배추 롤로밖에 보이지 않지만, 이걸 자르면 재료인 채소가 알록달록한 무늬가 되어서 보기에도 예쁜 테린이 완성된다.

라고, 제임즈 아저씨가 내가 먹는 옆에서 설명해줬다.

"하웁하웁(채소 맛있어! 완전 맛있어! 그리고 달아!)"

"아삭아삭(흠, 분명 삶은 건데도 아삭한 식감은 조금도 해치지 않았어. 인간족의 요리는 얕볼 수 없구나.)"

렌과 같이 접시에 담긴 요리를 맛있게 먹었다.

채소 사이를 채운 젤리에도 심상치 않은 맛이 응축돼 있다.

채소만 있으면 부족하다고 느꼈을 것을 진한 즙이 혀 위로 배어 나와 마치 푹 끓인 수프를 먹는 느낌이다.

"하웁하웁(이건 채소를 싫어하는 나도 완전 좋아요.)"

이전 생에서는 지독한 편식쟁이였지만, 지금은 뭐든 먹을 수 있다. 아저씨가 만든 요리라면 재료가 뭐든 전부 다 먹어치울 거야.

"…………"

아저씨는 정신없이 먹는 우리를 내려다보고는—— 쥐의 모습을 한 렌은 들키면 곤란해지므로 내 털 속에 숨어 있지만—— 응 하고 끄덕였다.

"맛있었나 보군!"

"멍멍!(응, 완전 끝내줬어. 아저씨!)"

꼬리를 획획 흔들며 아저씨에게 감사 인사를 했다.

"옳지, 옳지. 이 채소의 소중함을 알았으니, 질문이다."

아저씨가 가늘지만 다부진 팔을 뻗어, 내 머리를 덥석 쥐었다.

"로타. 내 눈을 보고 똑바로 대답해라."

"멍?!(으아?! 왜 화났어?!)"

여전히 유무를 묻지 않는 박력이다.

나도 자라서 얼굴의 흉악함에는 관록이 붙었지만, 아저씨에게는 겁먹은 기색이 전혀 없다.

덩치가 살짝 커졌다고 해도, 화난 아저씨는 절대로 이길 수 있을 것 같지 않아.

요리사 완전 무서워…….

"머, 멍멍!(뭐, 뭐뭐뭐, 뭔데요? 찬장을 어지른 거요? 아니면 저장고에서 아직 숙성 중인 고기를 한 덩이 가져간 거?! 그건 내가 잡은 거기도 하니까 정당한 내 몫이야! 그리고 날거라서 나는 안 먹었어! 엘프 마을을 지키거나 데리고 온 마물들을 보살피느라 늘 애써주는 답례로 가로 무리한테 줬어! 뼈까지 싹 다 먹어치웠어! 그러니까 화내는 건 그 녀석들한테 해! 뭣하면 나프라랑 렌도 더할게!)"

"찍(너는, 정말 최악이구나…….)"

등에서 렌의 어이없어하는 목소리가 들렸지만 무시했다.

나는 필사적이라고.

아저씨의 힘을 경험한 적이 없으니까 렌은 그런 말을 할 수 있는 거다.

그야말로 도마 위의 생선. 나에게 인간과 같은 땀샘이 있었다면 온몸에서 식은땀을 흘렸을 거다.

아저씨는 요즘 나를 보면서,

『너도 어지간히 자랐구나. 먹을 수 있겠군…….』

같은 말을 중얼거린다고!!

그건 완전히 식재료를 보는 눈이었어!

아아, 아가씨. 어느 날 제가 갑자기 사라지고, 저녁 식사로 처음 보는 고기 요리가 나오면, 그건 분명 나예요. 소중히 먹어줘요.

뭐, 아무리 아저씨라도 그런 짓은 하지 않겠지만.

……안 하는 거지? 이 집의 사랑둥이 펫인 나를 요리하는 일 따위 없는 거지?

자비를 구걸하는 눈으로 아저씨를 바라봤다.

"너, 밭에 대해서는 전혀 모르는 거지?"

그러나 돌아온 대답은 완전히 예상 밖의 것이었다.

아저씨는 나에게 얼굴을 붙이고, 알 수 없는 질문을 해왔다.

"멍?(응? 밭?)"

밭이라니 무슨 소리야. 그건 정말 금시초문이야.

내 훔쳐 먹기 영역은 부엌하고 저장고 정도니까.

애초에 밭이 어디에 있는지도 모른다.

"그 반응으로 알았어. 역시 범인은 네가 아니야."

"멍멍?(뭐야, 아저씨? 밭이라니, 무슨 일인데?)"

팔짱을 끼고 생각에 잠긴 아저씨의 앞에서, 나는 앉으면서 고개를 갸웃했다.

"그래, 어쩌면 네 코가 도움이 될지도 몰라. 좀 따라와."

"끼잉?(뭔데? 뭔데?)"

걸어가는 아저씨를, 나는 영문도 모른 채 뒤따라갔다.

지금은 딱히 다른 일정도 없고.

있다면 식후 늦잠 정도지만, 아저씨의 위압에 잠이 깨버렸다.

아가씨는 오전 공부 중이니, 놀 사람도 없다.

가정교사가 엄격한 사람인지 공부 중에 나와 만나는 걸 금지하고 있어서, 만날 수 있는 건 공부가 끝나고 쉬는 시간부터일 거다.

아직 그때까지 세 시간은 여유가 있다.

여느 때라면 늦잠을 자면서 제노비아가 몰래 만지러 오는 걸 기대하겠지만(낮은 확률로 시험 베기의 대상이 된다), 오늘은 아저씨를 따라다니게 될 모양이다.

요즘은 항상 밤중에 집을 빠져나가서, 낮에는 잠이 쏟아진단 말이야.

"찍(너는 항상 잠만 자지 않느냐. 이 밥벌레야.)"

"멍(너도야. 밥벌레 2호.)"

참고로 밥벌레 3호는 제노비아다.

항상 저택을 돌면서 경호하고 있는 거겠지만, 유감스럽게도 이 집에 위해를 가하는 사람은 없어요.

굳이 말하면, 개인 척하는 마랑왕과 쥐인 척하는 드래곤이 있는 정도려나.

"찍(흠흠, 우리는 밥벌레고, 다시 말해 닮은꼴 부부구나.)"

"멍(아니에요.)"

바로 부정했다.

게다가 그런 논리면 제노비아하고도 부부가 돼.

신부 제노비아라…… 그럴듯해.

"찍(큭, 여전히 나리는 무정하구나……. 뭐, 그런 점이 또 좋지만 말이다.)"

틈만 나면 언질 잡는 것 좀 하지 마. 진짜 하지 마.

건성으로 긍정이라도 하는 날에는 즉시 합체를 요구당할 것 같다.

"얼른 가자."

아저씨가 열어준 뒷문을 통해 길가로 나갔다.

두 갈래로 나뉜 길을 오른쪽으로 꺾어, 살짝 비탈진 길을 계속 걸어가자 몇 분 후 탁 트인 장소에 도착했다.

"멍(우와, 밭이다……!)"

생각했던 것보다 넓다.

공들여 쌓은 밭이랑마다 각기 다른 채소가 심겨 있고, 숫자도 많고 종류도 다양하다.

저택 사람들의 식사에 쓰는 거라면 충분하고 남겠지.

조금 전에 먹은 테린의 신선한 채소도 여기서 기른 거였군.

아저씨는 이걸 혼자서 관리하는 건가. 굉장해.

"헷. 어떠냐. 제법 근사하지?"

"멍멍!(완전 대박이야! 아저씨 대박!)"

꼬리를 휙휙 흔들며 아저씨를 치켜세웠다.

"히히잉(아니, 늑대 씨 아니야. 여기를 다 오고 별일이네.)"

"멍?(응? 누구야?)"

말의 울음소리와 함께 말소리가 들려, 나는 그 방향으로 돌아봤다.

목조로 된 단층집이 밭 바로 옆에 있었다.

균등하게 구분 지어진 방에서 말 두 마리가 얼굴을 내밀고 있다.

이건 말이 지내는 마구간이군. 역시 팔크스가의 마구간. 말의 집조차 훌륭하다.

그런데 이 말들은 어떻게 나를 아는 걸까.

"히힝(아이고, 항상 뒤에 태워주고 있는데 우리가 누군지 모르는 거냐?)"

"멍——?(으응? ……아아! 알았다!)"

그곳에 있던 것은 항상 호수까지 가는 마차를 끌어주는 말들이었다.

호수에 도착해서도 얌전히 기다리고 있어서, 말을 할 수 있는지 몰랐다. 내 몸은 평범한 동물의 말도 알아들을 수 있었군.

"멍멍(언제든지 말 걸어주지 그랬어.)"

"푸르르(일하는 중에는 잡담하지 말자는 주의거든.)"

오오, 역시 팔크스가의 말. 프로 의식이 높아.

그들이 사는 마구간은 상당히 넓고, 칸막이로 나뉜 방은 여러 개지만 지금 있는 건 이 둘뿐이다.

"푸르르(대화하는 건 이게 처음이군. 소개하지. 나는 이르시브. 여기는 안사람 그레이스야.)"

"히힝(안녕. 커다란 늑대 씨.)"

옆에 있던 말이 작게 울었다.

둘은 부부였군.

갈색인 쪽이 이르시브. 회색빛이 도는 쪽이 그레이스라.

오케이, 외웠어.

"멍멍(나는 로타. 여기 작은 애는 렌. 잘 부탁해. 그리고 늑대가 아니라 개야. 그 점 잘 부탁해.)"

나는 아름다운 털빛의 말들 앞에 앉아 자기소개를 했다.

"멍(항상 마차를 끌어줘서 고마워! ……내가 무거워서 힘들지도 모르지만.)"

"푸르르(하하하, 확실히 무거워지긴 했어.)"

"히힝(우리도 이제 꽤 나이를 먹어서, 요즘은 조금 힘들지도 몰라.)"

"푸르르(무슨 소리야, 할멈. 나는 아직 현역이야.)"

"히힝(영감도 참, 우리는 이미 스무 살도 넘은 노인이에요. 은퇴해야 할 날도 머지않았을지 몰라요.)"

말은 스무 살에 노인인 건가. 커다란 몸집에 비해서는 오래 살지 않는군.

그러고 보니, 나는 얼마나 살 수 있으려나.

마랑의 수명은 얼마일까. 다음에 가로한테 물어보자.

"찍(말은 상당히 수명이 짧구나. 내 50분의 1도 살지 않은 것이냐.)"

내 머리 위에 폴짝 올라탄 렌이 작은 앞발을 서로 교차시키고 이르시브 부부를 가여워했다.

"멍(역시, 중년 여성은 격이 달랐어.)"

"찍!(누누, 누가 중년 여성이냐! 아직 젊으니라! 젊디젊은 처녀니라!)"

"멍(하하하. 천년 모쏠이 잘도 그런 말을.)

"찍!(시끄럽다! 그렇게 부르지 말거라!)"

"깽!(아얏! 깨물지 마!)"

"찍찍!(네가 뜸 들이지 않고 바로 아내로 맞이하면 해결될 일이니라! 아내로 맞이해라! 그리고 새끼를 배게 해라!)"

"멍멍!(싫――어! 생후 석 달 된 강아지한테 그게 할 소리냐!)"

"찍!(사랑이 있으면 나이 차이 따위 상관없느니라!)"

"멍멍!(종족이 다르잖아――!!)"

"찍!(그래서 네 취향인 인간족으로 변신해주지 않았느냐!)"

"멍멍!(너무 어려! 그리고 어느 쪽이든 종족이 달라!)"

연애나 결혼에 노력을 쏟을 바에는 모두에게 예쁨받을 귀여운 포즈나 생각할래.

"어——이! 로타——! 여기야——!"

이크, 대화에 너무 집중해버렸다.

어느새 아저씨가 멀어져 있다.

"멍!(그럼 또 놀러 올게! 오래 살아!)"

상냥한 미소로 배웅하는 이르시브와 그레이스에게 이별을 고하고, 나는 서둘러 아저씨에게로 갔다.

† † †

"끼잉……(처참하군…….)"

밭이랑 한 줄이 완전히 망가져 있었다.

봉긋하게 솟아 있던 흙은 무너지고, 채소가 심겨 있었을 터인 장소에는 공허한 구멍이 점점 이어져 있다.

"여기는 내가 공들여 키운 당근이 심어져 있었어…….."

당근이라.

편식 생활을 하던 생전에는 채소를 그다지 좋아하지 않았지만, 아저씨가 만들어주는 요리 덕분에 지금은 채소광이다.

없어서 못 먹을 정도랄까.

푹 삶은 당근은 녹을 것처럼 부드럽고, 설탕으로 만들어진 게 아닐까 착각할 정도로 맛이 진하고 달다.

"의심해서 미안해. 네가 아니라는 건 알고 있었지만, 확신이 필요했어."

"멍(괜찮아. 자기 밭이 이렇게 되면 화나는 것도 당연해.)"

매일 물주기. 잎에 붙은 벌레 제거하기. 잡초 뽑기에 비료 주기.

병에 걸린 당근이나 작은 것을 솎아내는 작업도 필요하다.

농사는 고된 일이다.

그 정도는 아마추어인 나도 안다.

요리사를 하면서 밭일까지 해내는 아저씨에게는 존경심밖에 들지 않는다.

도둑질이라고 하면 도적 엘프들이 떠오르지만, 그 애들은 이제 그런 짓은 안 해. 악당의 것만 훔친다는 규칙도 있었던 모양이고.

게다가 지금은 숲에서 재건 중인 마을에서 평화롭게 살고 있을 거다. 당분간 필요한 식량도 아빠가 준 지원금으로 마련하고 있을 거고. 도둑질할 이유가 없다.

"그래서, 말이다."

"멍?(응?)"

아저씨가 씨익 하고 웃었다.

"나는 이 당근을 훔친 녀석을 알고 싶어. 물론 네 밥하고도 관계된 일이야. 도와줄 거지?"

"멍?(응?)"

"도와, 주는, 거지?"

한마디 할 때마다 얼굴이 가까워졌다.

웃는 얼굴이 너무 코앞이야. 그리고 무서워.

"머, 멍!(맡, 맡겨줘!)"

나는 바로 그렇게 대답하는 수밖에 없었다.

이상해!

먹고 잘 뿐인 하찮은 개 인생으로 돌아왔다고 생각했는데!

또 바쁜 날들에 쫓길 것 같은 예감이 들어!

† † †

"그럼, 부탁하마!"

그렇게 말하고, 제임즈 아저씨는 돌아가 버렸다.

남겨진 것은 무참히 망가진 밭과 개(가짜)와 쥐(가짜)다.

일하는 건 싫지만, 실제로 아저씨의 채소가 사라지는 건 곤란하다.

채소의 매력을 알아버린 지금, 채소 없는 식생활 따위 생각할 수 없다.

적당히 노력해서 채소 도둑을 잡자.

"찍(하지만 나리야. 범인을 찾는다고 해도 어쩔 셈이냐.)"

"멍(그거야, 조사하면 탐문 수사지.)"

사건을 해결하는 것은 탐정의 추리가 아니라 착실한 탐문 수사다.

콤비 형사물 드라마에서도 했었다. 틀림없어.

참고로 누구에게 탐문을 벌일지는 이미 정했다.

바로 옆에 목격자가 있잖아.

"멍멍(어──이! 부부님!)"

"히힝(아니, 로타. 벌써 돌아온 거냐?)"

나는 다시 마구간으로 달려가, 이르시브 부부에게 사건의 경위를 설명했다.

당근 밭이 파헤쳐진 것, 그리고 아저씨가 그 조사를 맡긴 것을 말이다.

"푸르르(흠, 밭이 파헤쳐진 건 알고 있어. 오늘 아침 제임즈 씨가 큰 소리로 외치는 걸 들었거든."

이, 이게 뭐야아아아아아아?! 하고 외치는 아저씨의 모습이 쉽게 그려졌다.

"찍(그건 언제쯤이냐?)"

"히힝(새벽녘이에요. 우리도 그 큰 목소리에 잠이 깼으니까요. 적어도 우리가 밤에 잠들 때까지, 이곳에는 아무도 오지 않았어요.)"

그렇다면, 범행이 일어난 건 밤이군.

"찍(그럴 리는 없겠지만, 너희 부부가 한 건 아닌 게지?)"

"히힝(설마요. 우리는 그런 짓을 할 이유가 없어요. 밥도 매 끼니 먹고 있고요.)"

"푸르르(물론 우리도 당근을 먹지만, 우린 솎아내진 가느다란 것만 먹어. 물론 그것도 충분히 맛있지만.)"

115

"히힝(팔크스가의 혈통마가 서리하다니요. 매너가 아니에요.)"

오케이. 관두자. 그 말은 내가 찔려.

죄송해요. 팔크스가의 혈통견이 서리꾼이라 죄송해요.

배고파 죽겠는걸 어떡해.

성장기인 이 몸은 하루 세 끼 플러스 간식 정도로는 부족해.

나프라랑 렌은 옆에서 마구 빼앗아 먹고 말이야——.

렌은 그나마 귀여운 수준이지만, 나프라는 그 작은 몸 어디에 들어가나 싶을 정도로 잘 먹는다.

정말이지 수수께끼다. 전직 시체인 호문쿨루스라는 수수께끼 설정을 가진 자답다.

"찍(음. 만에 하나였다고는 해도, 의심하는 발언을 해서 미안했느니라.)"

결백을 주장하는 부부에게 렌은 정중히 사과했다.

렌은 거만하긴 해도, 오만하지는 않아.

잘못은 인정하고, 상대가 누구든 기본적으로 다정하다.

여기에 은둔형 모쏠 드래곤만 아니면 데리고 갈 사람도 있었을 텐데.

가엽게도 그 변태성이 모든 장점을 가리고 있다.

"멍(탐문은 실패군. 그럼, 다음은 현장으로 돌아가서 검증하자.)"

이 슈퍼 늑대 몸뚱이가 활약할 때가 왔어.

† † †

쿵쿵.

아, 쿵쿵.

무너진 밭이랑에 코를 붙이고 냄새를 더듬었다.

"찍(어떠냐? 뭔가 알아냈느냐?)"

렌이 머리 위에서 내 얼굴을 들여다보며 물었다.

"멍(응, 알았어!)"

"찍!(역시 나리니라! 그래서, 뭘 알았느냐!)"

"멍(아무것도 모른다는 걸 알았어!)"

"찍(……물리고 싶으냐?)"

"머, 멍멍(자, 잠깐, 잠깐! 농담이야! 그보다, 냄새 같은 걸 더듬지 않아도, 여기.)"

주의 깊게 밭이랑 주위를 둘러보자, 발자국이 점점이 찍혀 있다.

U자 형태로 새겨진 발자국, 이것은 발굽 자국이다.

하지만 명백히 이르시브 부부의 발자국보다 크다.

"찍(야생마가 침입한 것이냐?)"

"멍(아마도.)"

가로 일동이 사냥하는 것은 숲을 망가뜨리는 마물뿐이다. 야생마가 숲속에 살고 있어도 이상할 것은 없을지도 모른다.

"멍(일단 발자국을 따라가 보자.)"

117

발자국의 주인은 당근밭을 파헤쳐 먹은 뒤, 길은 이용하지 않고 곧장 숲으로 향했다.

하지만 발자국으로 볼 때 몸집은 상당히 큰데 그런 것치고는 발굽 자국이 묘하게 얕단 말이야.

이 정도 크기의 말이라면 좀 더 깊은 발자국이 찍힐 것 같은데…….

나는 발자국을 따라 숲속으로 들어갔다.

깊은 숲속은 해가 뜬 상태라도 역시 어두컴컴하다.

발자국은 안으로 이어지고, 나는 그것을 따라 계속 나아갔다.

"멍(흠…….)"

숲속의 조금 열린 공간에서 나는 걸음을 멈췄다.

어두운 숲속에서 이곳에만 유일하게 빛이 들고 있다.

"찍(왜 그러느냐, 나리야. 왜 멈추느냐?)"

"멍(발자국이 끊겼어.)"

"찍(끊겼다?)"

"멍(응. 흔적도 없어.)"

그렇다. 발자국이 홀연히 사라졌다.

냄새도 마찬가지다.

여기서 존재가 증발한 것처럼 범인의 흔적은 사라져 있었다.

"멍(뭔가 오싹하네.)"

명탐정이 된 줄 알았는데 정신이 들고 보니 공포 영화의 등장인물이 되어 있었던 것 같은 형용할 수 없는 공포에 털이 쭈뼛 섰다.

괴물이다. 이건 괴물의 냄새가 나.

이 판타지 세계라면, 그런 게 그냥 있을 것 같은 게 더 무서워.

"멍(렌아.)"

"찍(왜 그러느냐.)"

"멍(돌아가자.)"

"찍(어째서냐?)"

"멍(훗, 모르겠어? 당연히 무서우니까 그렇지.)"

나 이런 건 안 돼.

그로테스크한 거에도 내성 없지만, 보이지 않는 유형의 스릴러도 싫어해.

"찍(자신만만하게 할 말이냐. ……하아, 한심하구나. 마랑왕이라는 자가 정체를 모른다는 이유만으로 꼬리를 말고 도망치다니. 그러고도 네가 나를 쓰러뜨린 대장부냐.)"

"멍(아, 그럼, 렌 씨는 여기 남아 있어. 범인이 또 올지도 모르니까.)"

"찍?!(뭐, 뭐야?!)"

"멍(안 무서우면 괜찮잖아? 한심한 강아지인 나는 돌아갈래. 돌아가서 잘래.)"

"찌, 찍!(여, 연약한 소녀를 여기에 혼자 두고 갈 셈이냐! 안 되느니라! 혼자는 아무리 나라도 무섭느니라!)"

"멍멍!(연약한 드래곤 같은 건 없어!! 그리고 너는 소녀가 아니라 모쏠! 천년 묵은 숙성된 모쏠이야!)"

"찍찍!(시끄럽다! 그 모쏠이라는 말 그만하거라! 굉장히 불쾌한 울림이니라!)"

우리는 시끄럽게 다투면서 도망치듯 집으로 돌아와, 밤에 다시 나프라를 대동하고 범인 수색을 하자는 결론에 이르렀다.

따, 딱히 한밤의 호러가 무서워서 머릿수를 늘린 게 아니야!

† † †

"냐옹(괴물?)"

"멍(응.)"

"찍(그렇느니라.)"

깊은 밤. 합류한 나프라에게 밭에 관해서 설명했다.

파헤쳐진 당근밭. 그곳에 남은 발굽 자국.

그리고 숲으로 이어지는 발자국이 갑자기 사라져버린 것.

우리가 느낀 공포를 섞어가면서 이야기를 들려주자, 나프라는 킥킥거리고 웃기 시작했다.

"냐옹(뭐예요——. 로타 씨도 참, 괴물 같은 걸 믿는 거예요——? 그런 게 있을 리 없잖아요. 푸훗——.)"

"멍(빠직.)"

"찍(빠직.)"

입에 앞발을 붙이고 초승달처럼 웃는 나프라의 얼굴이 상당히 거슬린다.

"멍(너도 괴물 같은 거잖아. 원래 시체였고.)"

"찍(그게 무슨 소리냐. 처음 듣는 소리구나.)"

"냐옹냐옹(고양이의 죽은 몸을 그릇으로 연성된 호문쿨루스라니까요. 나프라는 석학의 정수를 모아 주인님께서 만드신 고성능 사역마예요. 괴물 같은 비과학적인 존재와 한 묶음으로 취급하지 말아주세요.)"

"찍, 찍!(대, 대단하구나!)"

에헴 하고 가슴을 활짝 펴는 나프라를, 렌이 폴짝폴짝 뛰면서 치켜세웠다.

지금까지 수도 없이 마법 쓰는 걸 봐온 것 같은데, 렌은 나프라를 뭐라고 생각한 걸까. 단순히 먹보에 술고래인 한심한 고양이려나. 확실히 틀린 말은 아니야.

"멍(일단 오늘 밤은 밭을 감시하자. 가자.)"

나는 밭을 향해 타박타박 걸었다.

렌과 나프라는 내 등에서 릴렉스 모드다.

"멍(야, 너희들. 직접 걸어.)"

"냐옹(아아── 로타 씨 등은 착석감이 끝내주네요~)"

"찍(별로 무겁지도 않은데, 툴툴거리지 말 거라. 미녀 두 명을 태우고 뭐가 불만인 게냐.)"

짐승인 부분이.

다시 한번 말하지만, 짐승인 부분이.

미녀가 어떻고 전에 암수 구별부터가 안 돼.

그리고 나프라, 또 안 씻었지. 묘하게 짐승 누린내 나.

아가씨의 펫으로 돌아갔을 때, 아가씨가 내 몸에서 냄새 난다고 생각하면 어쩔 거야.

평소처럼 씩씩대고 싸우면서 우리는 밭에 도착했다.

이미 이르시브 부부는 자는 모양이다.

광석등에 희미하게 비친 마구간은 고요했다.

방해하지 않도록 조용히 마구간을 지나, 밭 근처의 풀숲에 몸을 숨겼다.

"멍(그럼, 나프라 대원.)"

"냐옹(네?)"

"멍(감시를 부탁한다. 나는 잘게.)"

"찍(그럼 나도 그러자꾸나. 뭔가 보이면 알려주거라.)"

"냐, 냐옹?!(네에?! 너무해요──!)"

너 낮에는 나보다 더 먹고 자잖아.

나는 아가씨를 상대하거나 아저씨의 잡일을 돕거나 트윈 테일의 하녀 토아가 빨래 너는 걸 돕느라 바쁘다고.

만성 수면 부족은 이럴 때 해소해야 해.

"냐옹(흑. 다들 사역마 사용이 거칠어요…….)"

사역마 사용이 뭐야. 신선하군.

"냐옹!(앗. 로타 씨, 로타 씨!)"

"멍?!(뭐야! 벌써 왔어?!)"

잠들려던 머리를 들어 올렸다.

"냐옹!(이것 봐요, 이상한 벌레가——.)"

"멍멍!(갑자기 잠 방해하지 마——!)"

나프라가 앞발 사이에 끼워 잡은 투구벌레의 친척 같은 것을 보여왔다.

휙 뿌리치고 다시 취침 자세를 취했다.

"찍!(나리! 나리야!)"

"멍(또 뭔데! 이상한 벌레는 됐어——.)"

"찍!(그게 아니다! 왔느니라! 도둑이니라!)"

렌이 머리 위에서 가리킨 방향에는 일렁이면서 다가오는 화톳불이 있었다.

"멍……(횃불이군. 그렇다는 건, 도둑은 인간이었던 거냐.)"

근처에 마을은 없으니, 굳이 이런 곳까지 원정을 온 모양이다.

이 집 채소를 훔치려 하다니, 뻔뻔한 놈이군.

일단, 공포의 울프 페이스로 놀라게 해주자.

나는 말없이 질주해, 흔들리는 불꽃에 다가갔다.

"컹컹!(어이, 이봐! 이 밭은 우리 거야! 누구 허락받고 들어가고 있어! 죽인다! 앙? 죽인다!)"

횃불의 불빛이 또렷이 보였을 때, 힘껏 짖었다.

"컹컹컹컹!(어이어이! 놀라서 목소리도 안 나오는 거냐!)"

하긴, 놀라겠지.

나도 이렇게 큰 늑대가 갑자기 나타나면 기절할 자신 있어.

물론 쉬도 쌀 거야.

"…………."

그때, 횃불을 든 사람이 너무나도 조용한 사실을 깨달았다.

설마 선 채로 기절한 건가.

불꽃에 집중하는 바람에 상대의 전체상을 파악하지 못하고 있었다.

눈을 가늘게 뜨고, 찬찬히 상대를 관찰했다.

"멍……?(으응……?)"

그곳에 있던 것은, 사람이 아니었다.

말이다. 말 한 마리가 그곳에 있었다.

다만, 평범한 말이 아니다.

갈기와 꼬리는 불꽃처럼 활활 타오르고 있고, 눈은 피처럼 붉게 빛나고 있다.

높은 위치에서 직사각형의 동공으로 나를 내려다보다가, 눈이 마주친 순간, 갈기의 불꽃이 격렬히 솟구쳤다.

불꽃의 기세는 어마어마하여, 말의 피부가 타들어 가듯 투명해졌다.

가죽 밑에 있던 것은 근육이 아니라, 그대로 드러난 해골이었다.

그 무시무시한 모습은 아무리 봐도――.

"깨개애애애애애애애애애앵!!(괴물이다아아아아아아아아!!)"

나는 무심코 등에 타고 있던 나프라를 물어다 방패로 썼다.

"냐아아아아아아아아앙!!(시, 싫어어어어어어어어어어

어어어!!)"

나프라는 물린 순간 잽싸게 앞발로 잡은 렌을 방패로 썼다.

"찌이이이이이이이이이이익!!(그, 그만두거라아아아아아아아아아!!)"

달리 방패 삼을 것이 없던 렌은 불타는 해골마 앞에서 절규했다.

그리고 그 모습을 본 말이 얼어붙더니, 다음 순간 반쯤 미쳐 두 발로 벌떡 섰다.

"히이이이이이이이이이이이잉!!(어, 어딨어, 괴무우우우우우우우울?! 괴물 무서워어어어어어어어어!!)"

""""멍냥찌이이이이이이이이이이이익!!((((너잖아아아아아아아아아아아아아아아아아아아아아아아아아아아아아!!))))""""

네 마리 짐승의 절규가 밤 깊은 밭에 울려 퍼졌다.

† † †

"히이이이이이이이이잉!! 히이이이이이이잉!!(괴, 괴물 어디 있어어어어어어어?! 괴물 어디 있어어어어어어어어어?!)"

때때로 몸속이 투명해지는 불꽃마는 히잉 울면서 두 발로 서, 거품을 물고 발광했다.

""""·················.""""

한편, 우리는 싸늘한 시선으로 말을 계속 지켜봤다.

그거야. 상대가 전력을 다해 무서워하는 걸 보면, 반대로 굉장히 냉정해지는 거.

이 녀석이 진짜 괴물이라고 해도 이미 하나도 안 무서워. 이 녀석은 틀림없이 약하거든. 나쁜 짓을 할 수 있을 것처럼은 안 보여.

그대로 구경하기를 수십 초. 드디어 말의 혼란이 잦아들었다.

"푸, 푸르르……(……저기, 괴물은……?)"

싸늘하게 식은 공기를 눈치챘는지, 말은 불꽃의 기세를 죽이고 불안하게 물어왔다.

"멍(괴물은 넌데.)"

"히, 히이이이이이이이잉!!(느, 늑대애애애애애애애애?!)"

"멍!(이제 와서?!)"

됐으니까 그만 진정해.

"히히잉(먹지 마! 먹지 마세요오!)"

안 먹어.

이 집 개는 제대로 조리한 고기만 먹어.

아, 그래도 말고기 육회는 맛있지…….

달콤하고 진한 간장과 갓 간 생강이랑 같이.

고기의 기름을 혀에서 제대로 즐긴 뒤, 쌉쌀한 소주를 온 더록으로 꿀꺽…….

"……츄릅(아, 안 돼, 침이.)"

"히이이이이이이이잉!!(시, 싫어어어어어어어어어!! 역시 먹으려는 거야아아아아아아아아아!!)"

"멍멍(아아. 미안, 미안. 안 먹으니까 안심해.)"

다시 발광하기 시작한 말을 달랬다.

"찍(여봐라, 나리야. 이 녀석이 범인이지 않으냐? 그냥 내가 먹어서 끝내지 않겠느냐? 원래 모습으로 돌아가면 한 입 거리니라.)"

"멍(살벌한 소리 하지 마. 무죄 추정이 원칙이야. 방금 먹지 않는다고 약속했고, 우선은 이야기를 들어봐야 해.)"

무엇보다 제임스 아저씨는 범인을 알고 싶다고 했을 뿐이다.

붙잡으라고도, 혼내주라고도 한 적 없다.

이 말도 생김새는 무섭지만 말이 통한다. 차분히 물어보면 사정도 설명해줄 거다.

일단 이 혼란이 가라앉은 뒤의 이야기지만.

우리는 날뛰는 말이 진정하기를 기다렸다.

이렇게 무서워하면서 왜 도망치지 않는지를 이상하게 생각하면서도 기다렸다.

끈질기게 기다렸다.

렌은 내 머리 위에서 몸을 둥글게 말고, 나프라는 털 단장을 시작했다.

그리고 다시 수십 초가 흘렀다.

"히, 히힝(저, 저기……. 죄, 죄송해요. 제가, 좀 놀라서…….)"

이번에야말로 진정한 말이 쭈뼛거리며 말을 걸어왔다.

"멍(그래. 덮치지 않으니까 경계하지 마.)"

"히힝(하지만 아까 늑대 씨가 츄릅이라고……. 그 쥐 씨도 저를 먹어버린다고…….)"

"찍(쥐가 아니다. 태고의 드래곤이다.)"

일어선 렌이 가슴을 활짝 펴고 으스댔다.

"히, 히이잉?!(드, 드래곤?! 드래곤 무서워!!)"

아 진짜.

겨우 대화가 될 뻔했는데, 초 치지 마.

나는 머리를 흔들어 위에 타고 있던 렌을 휙 던졌다.

향하는 곳은 꼬리뼈에 앉아 있던 나프라 쪽이다.

"냥!(어서 오세요——.)"

나프라가 잽싸게 받았다.

이 녀석, 분명 쥐 공포증이었는데, 렌한테는 완전히 익숙해진 모양이다.

쥐보다 드래곤이 훨씬 더 무서운 것 같은데.

"찍!(이봐라들! 요즘 나를 너무 함부로 대하느니라!)"

걱정하지 마. 요즘이 아니라 처음부터 그랬으니까.

앞발로 캐치된 렌이 찍찍거리며 항의했지만 무시했다.

상대하고 있으면 대화가 진행되지 않는다.

"멍멍(나는 로타. 늑대가 아니라 개야. 저기 고양이는 나프라. 저기 렌오브룸 녀석은 자기를 드래곤이라고 믿고 있는 쥐야.)"

"찍찍?!(뭐야?! 믿고 있다는 게 무슨 소리냐!! 드래곤이니라! 나는 진짜 드래곤이니라!)"

"멍(살짝 머리가 불쌍한 애야. 이해해줘.)"

"히힝(아, 네. 머리가…….)"

말은 딱한 눈빛을 렌에게 향했다.

"찍!(사람 말을 들어라!)"

"냐옹(렌 님, 진정해요. 워워——.)"

분노한 렌이 나프라의 앞발에 끼인 채 날뛰었다.

실제로 드래곤의 모습을 보여주면 증명할 수 있겠지만, 이곳은 저택과 가깝다.

소동이 될 만한 일은 렌에게 미리 삼가도록 말해뒀다.

혹시 들키면 아저씨의 요리를 다시는 먹을 수 없게 돼, 라고 겁줬더니 효과는 직방이었다.

따라서 드래곤화는 불가능하다. 거기서 얌전히 기다리도록 해.

"히힝(쥐 씨가 불쌍해요…….)"

"찍?!(내가 불쌍해?!)"

말의 딱한 시선에 렌이 지독히 충격받은 표정을 지었다.

"찍……(나, 나는, 드래곤이니라……. 진짜 드래곤……. 불쌍하지 않으니라…….)"

"냐옹(쉿. 대화를 방해하면 안 돼요, 렌 님. 치즈 드실래요?)"

"찍……(흑…… 먹겠다…….)"

나프라가 어디선가 꺼낸 치즈 조각을 갉아먹으면서, 렌이 위로받고 있다.

코를 훌쩍이는 것으로 보아 울먹이는 듯하다.

이 태곳적 모쏠 드래곤, 진짜 유리 멘탈이야.

대화를 어지럽히는 녀석이 잠잠해졌을 때 나는 다시 말을 향했다.

"멍(그래서 너는 뭐야? 평범한 말 같지는 않은데.)"

"히힝(앗, 제가, 말인가요?!)"

"멍?!(거기서부터?!)"

설마 했던 존재 설명부터 필요한 유형이었다니.

자신의 정체도 모르는 말이라니…….

아, 곰곰이 생각하면 나도 그랬었어.

스스로를 개라고 믿었던 마랑왕이었어.

남 말 할 때가 아니었어.

"히힝(그랬군요. 저는, 말이었군요……. 그래서 당근이 맛있었던 거예요…….)"

아아. 역시 이 녀석이 밭을 망가뜨린 범인이었군.

하지만 이야기를 듣고 있자니, 결코 악의가 있는 마물로는 보이지 않는데.

과거에 싸웠던 사악한 고블린이나 성난 멧돼지와는 전혀 다른 존재다.

몸집은 보통의 말보다 크지만, 속은 아이 같은 앳됨이 느껴진다.

"히힝(죄, 죄송해요. 저는 아무것도 생각나지 않아요…….)"

"멍?(생각나지 않는다니. 기억 상실인 거야?)"

자신이 말이라는 사실도 잊다니 굉장하군.

이 녀석한테서 느껴지는 묘한 앳됨은 기억이 없어서일지도 모른다.

"히힝(배가 고파서 숲을 헤매는데 굉장히 좋은 냄새가 나서……. 여러분 것인 줄은 몰랐어요! 죄송해요!)"

"멍(우리 게 아니야. 이 밭을 관리하는 사람이 곤란해했으니까 이제 마음대로 먹으면 안 돼.)"

나쁜 녀석이 아닌 건 알았지만, 이 기억 상실에 걸린 마형 몬스터를 어쩌지.

아저씨를 만나서 사과하게 할 생각도 했지만, 이런 어디로 보나 마물인 말을 보면 아저씨가 기겁할 거다.

……기겁할까?

이 녀석은 먹을 수 있겠어, 하며 좋아할 것 같기도 하다.

역시 아저씨가 제일 무서워.

그건 둘째치고, 나의 평온한 삶을 지키기 위해서라도 이 숲은 마물 한 마리 없는 평화로운 장소라고 저택 사람 모두가 생각하고 있게 해야 한다.

단순히 이 녀석을 숲으로 쫓아버리면 그만이 아니야.

"찍(그러니까 처리하는 게 가장 빠르다니까…….)"

"멍(그만하라니까.)"

여전히 렌은 나쁜 짓에 대한 벌이 지나치게 크다.

무리에게는 다정하지만, 적에게는 냉혹하다. 그런 점은 역시 드래곤인 거겠지.

그렇다고 해서 당근을 먹었으니 너도 먹히라는 너무 지나

치다.

렌한테는 언제 한번 펫의 길에 대해서 제대로 알려줘야 할지도 모른다.

"멍(렌, 나프라. 이 녀석이 어떤 종류의 마물인지 알아?)"

"찍(모르니라. 불타는 말이겠지.)"

"냐옹(음, 사령 계통인 건 틀림없지만, 자세한 종족까지는 모르겠어요──. 주인님이라면 아마 아실 거예요.)"

"멍(아, 그거야. 헤카테한테 상담하자.)"

그 만능 마녀를 잊고 있었다.

우리의 정체와 사정을 아는 유일한 사람이니 부탁하면 도와줄 거다.

"냐옹(그게, 주인님께서는 몹시 바쁘셔서…….)"

"멍(그래?)"

엘프와 그 못된 상인 일로 길드에 불려 다니는 건가.

나프라는 머뭇거리며 대답했다.

"냐옹(요즘 공방에 틀어박혀 계세요. 염화도 되도록 쓰지 말라고 지시하셨어요──.)"

"멍(으음. 바쁘다면 할 수 없지…….)"

그러고 보니 왕도에 다녀온 이후로 한 번도 만나지 않았다.

다시 한가해지면 놀러 오라고 할까. 친구니까. 아가씨도 좋아할 거고.

그나저나 공방에 틀어박혔다라. 뭘 하는지 궁금하군.

궁금하지만, 지금은 이 말을 어떻게 할지가 먼저다.

게다가 그걸 우리끼리 해야 한다는 사실이 판명됐다.

"끼잉(어쩐디야…….)"

고민하고 있는데, 쿵 소리를 내며 말이 쓰러졌다.

"머, 멍(야, 야! 왜 그래?)"

"히, 히힝……(배가 고파요오…….)"

쓰러질 정도로 배고팠던 거야.

하지만 밭에 있는 걸 먹일 수는 없고, 주변에 핀 잎은 안되려나.

"히히잉!(어──이, 로타야──!)"

"히히잉!(그 애를 데리고 여기로 와!)"

마구간 쪽에서 말의 울음소리가 들려왔다.

이르시브 부부다. 조금 전의 소동으로 깨워버린 모양이다.

"멍멍(좀 일어나 봐. 동족……은 아니겠지만, 부부가 부르고 있어.)"

"힝(네…….)"

이르시브 부부는 조사에도 도움을 줬다. 일단은 해결됐으니 알려주자.

이 불타는 시스루 말을 보고 놀라지 않으면 좋으련만.

휘청거리며 걷는 말을 끌고 마구간으로 들어가자, 이르시브 씨가 방에서 고개를 내밀었다.

"푸르르(이 여물을 주거라.)"

이르시브 씨가 벽의 그물 밧줄에 묶여 있던 목초 더미를 물어서 건네왔다.

"멍(괜찮아? 이건 당신들 몫이잖아?)"

"히힝(우리는 충분히 먹었어. 그리고 내일 또 보충해줄 거야.)"

나는 부부에게 고맙다고 하고, 그물 밧줄을 불타는 말 앞에 내려줬다.

"멍(다행이네. 음…… 그러고 보니 너, 네 이름도 몰라?)"

"히힝!(바, 밥이다! 밥!)"

"멍(사람 말 좀 들어.)"

말은 여물 더미에 얼굴을 박고 우물우물 씹기 시작했다.

"우물우물!(맛있어! 맛있어! 고마워! 아저씨! 아줌마!)"

"푸르르(음. 그 뭐냐. 진정하고 먹거라.)"

"히힝(괜찮아. 그건 다 네 거니까 천천히 먹으렴.)"

이르시브 씨는 살짝 긴장한 모습이고, 그레이스 씨는 자애로운 눈길로 말을 바라봤다.

나는 마구간에 꼬리의 불이 옮겨붙을까 조마조마하지만.

이 부부도 어지간히 대담하달까, 옹이 눈깔이랄까. 팔크스가의 일원답다.

"냐옹?(로타 씨. 뭐라고 했어요?)"

식사에 몰두한 말을 바라보고 있는데, 털 단장을 마저 하던 나프라가 고개를 들었다.

"멍?(아니, 아무 말도 안 했는데? 렌은?)"

"찍(모르니라. ……이 여물이라는 것은 맛이 없구나. 내 취향이 아니니라.)"

능청스럽게 여물을 갉아먹고 있던 렌이 잎을 던져버렸다.

"멍(나프라가 잘못 들은 거 아냐?)"

"냐옹(밖에서 나는 걸까요──. 누군가가 말하는 소리가 들려요.)"

앗, 아저씨인가?

아저씨가 아니더라도 저택의 누군가면 곤란하다. 이 수상한 말을 숨겨야 해.

"멍(나프라, 렌. 내가 시간을 벌 테니까, 그 엉터리 말 좀 숨겨봐.)"

"냐옹(네? 숨기라고 해도…….)"

"찍(너의 공간 마법으로 날려 보내면 되지 않느냐.)"

"냐옹(아아! 역시 렌 님은 현명하세요!)"

"찍(그렇지, 그렇지. 나는 현명하니라.)"

렌이 으스대고, 그런 렌을 나프라가 치켜세웠다.

나는 불안을 느끼면서도, 시간을 벌기 위해 마구간 밖으로 뛰쳐나갔다.

"멍!(어이── 누군지는 몰라도 내 귀여운 포즈로 정신 못 차리게 해주마──!)"

아저씨든 하녀든 덤벼라.

나는 앞구르기를 해 등으로 사사삭 미끄러지면서 발라당 포즈로 뇌쇄적인 자세를 취했다.

"학학학학……(어떠냐. 귀엽지? 마구 쓰다듬어도 돼! 자 어서! ……아, 응?)"

내 혼신의 귀여운 포즈에 반응이 없다.

애초에 저택 쪽에서는 아무도 오지 않았다.

그 대신, 머리부터 넝마를 휘감은 인물이 숲에서 다리를 질질 끌듯이 걸어오고 있었다.

"찾았다…… 나이트메어……. 주인 곁을 떠나 이런 곳에서 뭘 하고 있어……."

나락의 끝에서 울리는 듯한 음침한 목소리였다.

"머, 멍!(누, 누구세요?! 나이트메어라는 녀석은 여기 없는데요?!)"

"……나와라, 나이트메어……."

넝마를 휘감은 인물은 나를 무시하고 한 손에 들고 있던 것을 들어 올렸다.

그것은 거대한 낫이었다.

자루는 길고, 칼날도 거대하다. 인간의 목은 벼 베듯 베어버릴, 불길한 형상을 하고 있다.

동시에 머리의 넝마 사이로 그 인물의 얼굴이 슬쩍 드러났다.

——해골이었다.

살 한 점, 가죽 한 점도 붙어 있지 않은, 무시무시한 해골이었다.

"깨, 깨애애애애애애애애앵?!(또 다른 게 나왔어어어어어어어어어어어어?!)"

너무 무서운 나머지 나는 발라당 포즈를 한 채로 오줌을

쌌다.

황금색이 포물선을 그리며, 넝마를 휘감은 해골 위로 쏟아져 내렸다.

따뜻한 액체가 넝마를 축축이 적셔갔다.

"머, 멍(으악, 미안.)"

"……죽어라."

해골에게 망설임은 없었다.

번쩍 쳐든 낫을 자비 없이 내리쳐, 가엾게도 두 동강 났다.

낫이.

커다란 날이 횡횡 회전하면서 날아갔다.

내 배를 찢을 터였던 거대한 낫은 밑동부터 뚝 부러져 풀숲으로 사라졌다.

"……………뭐……지……?"

해골은 멍하니 부러진 낫을 바라봤다. 그러는 사이에도 나의 방뇨는 녀석의 넝마를 계속 적셨다.

알아?

대형견의 쉬야는 엄청 길어. 분 단위로 계속 나와.

하물며 지금 나는 송아지보다 큰 빅 사이즈 늑대다.

그 양으로 말할 것 같으면 수도꼭지를 끝까지 튼 호스 물 같다.

그야말로 콸콸콸이다.

따뜻한 액체가 해골이 입은 넝마에 서서히 스며들어 갔다.

희미하게 김을 피우는 넝마가 뼈에 달라붙어, 해골의 궁상맞은 체형이 드러났다.

만약 뼈에 신경이 통한다면 엄청 불쾌하겠지 하고, 오줌을 싸면서 나는 깊은 생각에 잠겼다.

"멍……(저기, 그, 미안해.)"

더 이상 견디지 못하고 재차 사과했을 때, 마구간에서 웃음을 터뜨리는 소리가 났다.

"냐흣!(푸흡! 첫 만남에 오줌 세례라니! 로타 씨의 특수 성벽은 어디까지인 거예요? 아하하하하하!)"

나프라가 배를 잡고 자지러졌다.

"찍(크하하. 호쾌하구나. 그래야 나리지.)"

어째선지 렌은 기분이 좋다.

자기 일처럼 자랑스레 가슴을 펴고 있다.

"찍(해골아. 내 남편이 실례를 했구나.)"

렌은 쾌활하게 웃으며 스스럼없이 해골에게 말을 걸었다.

그리고, 그 눈이 스윽 가늘어졌다.

"찍(……허나, 그 날을 쳐든 죄는 백 번 죽어 마땅하다.)"

냉혹한 음성이 그렇게 고한 순간, 렌의 작은 꼬리가 눈 깜짝할 사이에 거대해졌다.

두툼한 비늘을 휘감고, 강철로 된 채찍처럼 굵고 길게 뻗은 꼬리를 구부러뜨렸다.

꼬리 부분만 드래곤으로 변신, 아니, 쥐 변신을 해제한 거군.

땅에서 꼬리만 자라난 걸로밖에 보이지 않을 만큼, 쥐의 몸에 비해 꼬리가 너무 크다.

꼬리의 무게로 본체가 찌부러지는 거 아닐까.

그런 생각을 하고 있는데, 거대한 꼬리가 휘어지고 흔들렸다.

"찍(대죄를 뉘우치고 죽어라.)"

말릴 새도 없었다.

공기의 벽을 깨고 날아간 드래곤의 꼬리는 벌러덩 누운 내 몸 위를 지나, 해골을 옆으로 후려쳤다.

단말마의 비명조차 없이, 퍽 하는 메마른 소리를 퍼뜨리며 해골은 가루가 되어 밤하늘에 흩어졌다.

산산조각이 아닌 뼛조각이다.

거대한 질량을 동반한 음속의 일격은 해골에게 존재 일체를 허용치 않았다.

나는 그런 것이 머리 위를 지나간 공포로 오줌이 멈췄다.

쌍알이 오그라들었다.

"찍(흥. 한낱 존재가 내 남편에게 칼날을 겨누다니. 이 몸이 용서치 않느니라.)"

렌이 거친 콧김을 뿜으며 승리의 함성을 질렀다.

와, 와아.

렌의 깊은 애정이 느껴져──.

날 생각해주는구나──.

기뻐라──.

희번득.

나는 메마른 웃음소리를 퍼뜨릴 수밖에 없었다.

"찍(나리야. 나리를 다치게 하려는 자는 내가 모조리 없애 주겠느니라.)"

"머, 멍(으응. 덕분에 살았어. 그리고 부부가 아니야! 은근슬쩍 계속 말해서 기정사실로 하지 마.)"

멘탈은 약하지만, 육체적으로는 최강종.

녀석을 진심으로 화나게 하는 건 위험하다.

병적인 애정이 느껴져서 무서우니 비웃는 건 적당히 해 두자.

"……소용없다……."

산산조각이 났을 터인 해골의 목소리가 들렸다.

"이 몸은 사령도사님의 가호를 받고 있어……. 그분의 마력이 있는 한…… 나는 계속 부활한다……."

사령도사가 누구야.

또 모르는 녀석 이름이 나왔군.

아니, 어디선가 들어본 것 같기도 한데.

아가씨가 읽던 책 같은 데서였나.

정보의 출처는 둘째치고, 이 녀석은 그 사령도사라는 녀석의 부하고, 불사의 능력을 갖고 있다는 건가?

실제로 녀석의 말대로 발밑부터 해골의 몸이 부활하기 시작했다.

굉장한 회복 속도다. 대형 낫까지 형태를 되찾으려 하고 있다.

이런 식의 회복 속도라면 앞으로 몇 초 후면 원래 모습을 되찾고 말 거다.

"멍멍?!(어떡하지?! 어떡하지?! 무한 회복 같은 거 반칙이잖아! 이 자식 야비해!)"

"크크크…… 두 번의 실수는 없어. 모두 베어 죽여주마……."

해골이 반 정도 회복한 두개골을 달그락거리고 흔들며 웃었다.

"찍(흠, 그래. 그렇다면 이거니라.)"

그 해골을, 드래곤의 꼬리가 가차 없이 짓뭉갰다.

찰싹 소리를 내며 해골이 땅에 찌부러졌다.

"머, 멍?(앗, 저기, 잠깐, 렌 씨?)"

분위기 파악을 못 한 일격에 나는 몸을 떨었다.

지금, 해골이 멋지게 폼 잡는 중이었잖아?

너한테는 말을 끝맺을 때까지 기다려주는 자비가 없는 거냐!

"소, 소용없다……."

가루가 된 뼈가 다시 회복을 시작하고, 드래곤의 꼬리가 바로 위에서 그것을 때려 뭉갰다.

"소, 소용없……."

찰싹.

"소용……."

찰싹.

"소……."

찰싹.

"…………."

찰싹.

찰싹찰싹.

찰싹찰싹찰싹찰싹.

찰싹찰싹찰싹찰싹찰싹찰싹찰싹찰싹.

담담히, 못이라도 박는 듯한 단조로움으로, 렌은 해골을
계속 찌부러뜨렸다.

몇 분이 지났을까.

이미 해골의 신음소리조차 들리지 않았다.

렌이 푹 꺼진 땅에서 꼬리를 들어 올렸다.

그곳에는 가루가 되어 흙과 뒤섞여, 이미 어느 것이 뼈인
지 모를 잔해가 묻혀 있었다.

"찍(흥. 싱겁구나.)"

"멍……(우, 움직임을 멈췄어…….)"

"찍찍(마력이 공급되는 한 죽지 않는다 해도, 떨어진 곳에
서는 한도가 있느니라. 죽지 않는 상대는, 죽을 때까지 계
속 죽이면 되니라.)"

완전 근육 뇌 논리.

이 녀석 무서워.

평소의 울먹이는 쥐의 모습만 봐서, 렌의 본성이 너무 무
서워.

"멍(그런데 이 녀석은 대체 뭐였어? 나이트메어라는 건

저 엉터리 말 말하는 거지? 사령도사는 또 누구고.)"

이 숲, 마물이 너무 많잖아.

용케 천 년 동안이나 숲 밖으로 마물을 새어 나가지 않게 했어.

마랑족, 너무 우수해.

"멍……(그나저나 사령도사라…….)"

명백히 보스 같은 울림이야.

그런 녀석들이 있으면 가로 무리가 제거에 나설 것 같은데.

이건 한번 이야기를 들으러 가는 게 좋겠군. 숲에 대해서는 그 녀석들한테 묻는 게 제일이다.

밭 도둑을 잡는 거였는데, 일이 커지는 느낌이 들어.

"멍(아니야. 쾌적한 펫 라이프를 위해서야. 조금 더 힘내자…….)"

일하지 않기 위해서 일하는 모순에 진저리치고 싶지만, 신경 쓰면 괴로우니 신경 안 써.

사축 시절의 경험을 살렸다!

살리고 싶지 않았어!

"냐옹(로타 씨, 알아요? 그런 걸 본말전도라고 하는 거예요!)"

"멍!(말하지 마! 현실 도피하게 해줘!)"

우리는 평소처럼 티격태격하면서 공간 마법으로 날려 보낸 엉터리 말을 데리러 갔다.

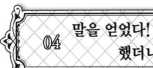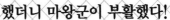
"멍!(그런고로! 이 녀석이 찾으시던 밭 도둑이에요!)"

"히힝!(죄송해요, 죄송해요, 죄송해요!)"

다음 날 아침, 나는 엉터리 말 나이트메어를 제임스 아저씨에게 넘기고 있었다.

"아앙? 이 녀석이 범인이라고?"

밭에 진을 친 아저씨가 팔짱을 끼고 한쪽 눈썹을 치켜올렸다.

"우와. 커다란 말 님이네요."

저택에서 밭까지 따라오고 만 아가씨가 새까만 몸의 나이트메어를 올려다봤다.

불타는 해골마인 나이트메어를 보고 어째서 두 사람이 놀라지 않는가 하면, 그 내막은 어젯밤까지 거슬러 올라간다.

† † †

"멍멍(자, 사신 같은 해골도 쓰러뜨렸으니 그 엉터리 말을 데리러 갈까.)"

결국 이 해골도 잘 모르는 존재였어.

엉터리 말을 찾으러 온 모양이지만, 명백히 동료라는 느낌은 아니었다. 말하고 다르게 완전 흉악해 보였어.

뭐, 누구였는지 물으려 해도 지금은 나의 황금수와 뒤섞여서 밭 근처의 흙으로 돌아갔지만.

"멍멍(그리고 보니, 그 말은 어디로 날려 보냈어?)"

무사할까. 갑자기 아무 설명도 없이 보냈으니 그쪽에서 패닉을 일으키고 있을 것 같다.

분명 나이트메어라고 했나. 그런 이름으로 해골이 불렀던 것 같다.

종족명인지 본인의 이름인지 몰라도.

"냐옹(나프라가 설정한 좌표는 공방과 온천, 로타 씨 이렇게 세 개라서, 소거법을 적용해 온천으로 보냈어요——.)"

"멍(갑자기 그런 게 공방으로 날아가면 헤카테가 폭발할 거야. 근데, 아직 나한테 설정해둔 거냐…….)"

바로 만날 수 있어서 편리하긴 하지만.

사생활 침해적인 부분은 어떻게 좀 해주세요.

"냐옹(그럼 이동할게요——.)"

"멍(응.)"

"찍(좋을 대로 하거라.)"

나프라가 공간 마법을 발동하자 풍경이 하얘지고, 밭에서 강가의 자갈밭으로 바뀌었다.

깊은 숲속을 흐르는 시냇물. 그 바로 옆에 파인 온천은 지금도 제대로 계속 솟아나고 있는 모양으로, 온천수를 뿜어내는 소리와 증기가 주변을 떠돌고 있었다.

"멍멍!(어──이. 말──! 나이트메어──! 어디 있어──!)"

"히힝!(네──. 여기에요──.)"

대답이 들린 쪽을 보자, 말이 온천에 잠겨 있었다.

옆으로 누운 상태로, 느긋하게 목만 밖으로 내고 기분 좋게 실눈을 뜨고 있다.

"히힝(보세요, 로타 씨. 이 샘은 굉장해요. 굉장히 따뜻해서 기분이 좋아요.)"

"멍(그렇겠지. 우리가 만든 거니까.)"

이 자식. 우리가 해골과 싸울 동안 혼자 느긋하게 온천을 즐긴 거냐.

부러워. 나도 들어가고 싶어. 아까 이상한 자세로 쉬어야 하는 바람에 털이 젖어서 차가워.

"멍멍(그런데 너, 꼬리하고 등에 있던 불이 사라졌는데 괜찮아?)"

"힝?(네?)"

엉터리 말은 자기 등을 돌아보고는 벌떡 일어났다.

"히이이이잉!!(사, 사라졌어어어어어?!)"

"멍멍(진정해. 다시 붙은 것 같으니까.)"

말이 온천에서 튀쳐나오자, 갈기에 다시 불이 붙었다.

그보다, 말의 배에 뚫린 구멍에서 온천수가 줄줄 흐르는 모습이 몹시 기괴한데…….

"히히이이잉!!(부, 불이 붙었다아아아아아아아?!)"

불이 붙어도 혼란스러운 거냐.

자기 몸을 파악하지 못한 거냐. 나랑 같은 과냐.

나도 나에 대해서 전혀 파악이 안 됐어. 오히려 이대로 아무것도 모르는 채로 살고 싶었어.

"히히잉(무서워어! 무서워어!)"

"찍(이 녀석, 무슨 이상한 병이라도 앓고 있는 것 아니냐.)"

"냐옹?(글쎄요——. 그냥 겁이 많은 것뿐이에요——.)"

"멍(겁쟁이 괴물이라니 어떻게 된 거야. 존재 의의적으로 생각해서.)"

자기 자신을 무서워하다니. 기억 상실에도 정도가 있어.

"히힝(휴, 휴우. 무서웠어.)"

"멍(……그래.)"

진지하게 상대했더니 피곤해진다.

그냥 넘기자.

"멍(그나저나, 나이트메어라는 이름은 들어본 적 있어?)"

"히힝(아뇨? 그게 뭔데요?)"

"멍(아무래도 네 이름 같아.)"

"히힝(네……? 뭔가, 굉장히 나쁠 것 같은 이름이네요……. 귀엽지 않아서 싫어요…….)"

나이트메어는 실망한 모습으로 입술을 부르르 떨었다.

"멍(글쎄. 네 외모에 딱 어울리는 이름 같은데.)"

너 엄청 악몽을 부르게 생겼어.

그야말로 나이트메어야.

꿈자리가 사나울 것 같아서 돌아가서 자는 게 무서워.

오늘은 평소보다 더 아가씨랑 붙어서 자야지.

쿵쿵 해야지. 쿵쿵.

"냐옹(그럼, 당신은 메어 씨네요——.)"

"히힝!(메어! 그거라면 아주 귀엽고 멋진 이름이에요!)"

나프라가 타고난 소통 능력으로 곧바로 친해졌다.

"찍(그것보다, 이 녀석을 어떻게 할지를 생각해야 하느니라. 나리야, 어떻게 할 작정이냐? 죽이지도 않고 풀어주지도 않는다면, 그 요리사 앞에 끌고 가는 수밖에 없을 것 같은데 말이다.)"

"멍(그러고 싶은 마음은 굴뚝같지만, 이 좀비 말을 아저씨한테 보여주는 건 좀…….)"

아무리 담력이 센 아저씨라도 이건 기겁하겠지.

아무리 봐도 마물이야. 제노비아한테 마구 베일 거야.

"냐옹(렌 님처럼 쥐나 인간 같은 다른 생물로 변신할 수 있으면 좋을 텐데요——.)"

"멍(그건 좋은 생각이지만, 그렇게 간단히 되는 게 아니잖아?)"

렌도 인간의 모습을 연습하느라 고생했다고 했고. 지금부터 이 녀석이 변화의 마술을 익히는 건 현실적이지 않아.

"찍(가능하다!)"

"멍?(가능해?!)"

"찍(술식을 내가 짜주면 가능하니라. 변신할 모습을 떠올리는 것과 그 모습을 유지하는 것은 본인의 마력과 의지에

달렸지만 말이다.)"

어쩜 편리한 캐릭터는 여기에도 있었다.

그럼, 바로 렌한테 변화의 마법을 걸어달라고 할까. 그런 뒤에 아저씨한테 데리고 가자.

"멍멍(그렇다니까, 지금 널 변신시킬게. 각오는 됐지?)"

"히힝(아, 알겠어요. 잘 모르겠지만, 최선을 다할게요.)"

"찍(좋다. 그럼 그대로 거기에 서서 편하게 있거라.)"

렌이 내 머리 위에서 술식을 짜기 시작했다. 앞발을 내밀고 중얼중얼 주문 같은 것을 외기 시작하자, 메어의 발밑에 마법진이 떠올랐다.

"히힝……(그래도, 저는 지금 무척 행복해요. 배가 부르고, 따뜻하고, 다정하게 대해줘서…….)"

렌의 술식이 완성되기를 기다리는 사이, 메어가 스스로의 행복을 곱씹었다.

초식은 온천만 해도 행복해질 수 있다니. 싸게 치이는 녀석이야.

"머, 멍!(그, 근데 너! 몸이, 투명해지고 있어!!)"

자세히 보니, 메어의 몸이 점점 희미해지고 있다.

"히힝?!(아앗?!)"

놀라는 사이에도 메어의 몸은 점점 희미해져, 조금씩 공중에 떠오르려 하고 있다.

"히, 히힝……(저, 저는, 사라지는 건가요……?)"

"냐옹(아아. 이건 그걸까요──. 이 세상에 미련이 사라져서 승천하는 느낌이려나요——.)"

나프라가 태평하게 그런 소리를 했다.

그러나 그건 곤란하다.

이 녀석은 채소를 훔친 범인으로 아저씨 앞에 세워야 한다.

"히힝(여러분, 고마웠어요. 저는 사라지나 봐요. 짧은 시간이었지만, 행복했어요——.)"

"멍멍!(기다려! 허락 못 해! 아저씨한테 넘기기 전에 성불하는 꼴은 못 봐!)"

먹튀는 용납 못 해!

"멍멍!(렌! 서둘러! 지금 당장 이 녀석을 괴물에서 다른 생물로 변신시켜!)"

"찌, 찍?!(뭐, 뭐?! 그렇게 갑자기 말해도……! 에잇, 될 대로 되라!)"

렌이 앞발을 쳐들자 복잡한 마법진이 한층 빛을 더하고, 사라져가는 메어를 에워쌌다.

"찍!(간다! 메어야! 네가 그리는 모습을 상상해보거라! 자기가 자신을 두려워하는 모습이 아니라, 자신이 바라던 모습을 떠올리는 것이니라!)"

"히힝?!(네? 네? 바라는 모습이요?!)"

쩔쩔매는 메어를 무시한 채 렌의 술식은 완성되고, 메어의 발치에 전개한 마법진이 눈부신 섬광을 내뿜었다.

"그러니까, 무섭지 않은 모습이 좋아요! 불꽃이 나오지 않고, 몸이 뼈가 아니고, 아름다운 털을 가진——."

그리고 술식이 발동했다.

† † †

그리고 다시 현재다.

"네가 한 짓이냐?"

제임스 아저씨가 눈에 힘을 주고 메어를 뚫어져라 응시했다.

"히힝(앗, 네……. 죄송해요…….)"

"내 채소는 맛있었냐?"

"히, 히힝!(네! 완전요! 싱싱했어요! 그런데도 무척 맛이 진했어요!)"

말이 통할 리 없겠지만, 아저씨는 만족스레 끄덕였다.

"그럼 됐다. 앞으로는 네 몫의 밥도 챙겨주마. 허락 없이 훔쳐 먹는 건 이제 그만하는 거다."

"히힝!(네. 다시는 안 할게요!)"

"그래, 그래. 착하다."

아저씨는 히힝 하고 우는 메어의 콧등을 쓰다듬고, 그대로 덥석 움켜쥐었다.

"히, 히힝?!(앗?!)"

"그건 그렇고, 이미 먹은 건 일해서 갚아야지. 응?"

입꼬리를 끌어 올린 아저씨는 사신이나 나이트메어 따위보다 더 무서웠다.

† † †

"쌔액…… 쌔액……(웃차, 웃차, 히히잉히히힝…….)"

무거운 짐을 등에 싣고 계속 걸었다.

이게 무슨 고생이람. 괴롭다. 너무 괴롭다.

이게 밭 도둑에 대한 벌인가.

"멍멍!(근데! 내가 일하는 거냐!)"

당근을 훔쳐 먹은 건 내가 아니라고!

저기서 짐이 오는 걸 태평하게 기다리고 있는 엉터리 말이라고!

수풀 맞은편에 보이는 멀리 떨어진 길에서는 커다란 흑마가 여유롭게 풀을 뜯고 있었다.

남이 고생하는 줄도 모르고 우적우적 씹고 있다.

"멍……(그나저나 무거워.)"

몸의 양쪽에 매단 통은 금속 재질로 상당히 무겁다.

이런 걸 짊어지고 산길을 오르라니, 펜리르 몸이 아니었으면 완전 쓰러졌어요.

"크하하. 미안하다, 로타. 우물로 가는 길은 험해서 마차로는 들어갈 수가 없어서 말이다."

나와 마찬가지로 어깨에 통을 짊어진 아저씨가 내 머리를 거칠게 쓰다듬었다.

"끼잉끼잉!(정말, 머리 좀 쓰다듬어주면 좋아하는 줄 알지! 나는 그런 쉬운 개가 아니야!)"

"찍(나리야. 꼬리를 그렇게 흔들어대면 설득력이 없느니라.)"

큭. 매일 쓰다듬기로 조련된 몸이 멋대로 반응해버려! 분하다! 더 쓰다듬어줘!

"멍!(근데 렌! 너도 조금은 일해! 왜 펫인 나보다 더부살이 생활을 만끽하는 건데!)"

"찍(연약한 여자한테 무엇을 기대하는 것이냐. 힘 쓰는 일은 남편의 일이니라.)"

연약하다니. 어제 해골을 가루로 만든 녀석이 할 말일까요.

그리고 남편 아니야. 집요한 것 같은데, 남편 아니야.

"후, 후! 시, 시원찮기는! 그러고도 이 집의 개냐!"

뒤에서 말을 걸어온 것은, 통을 몇 개나 묶어 등에 짊어진 제노비아다.

"파, 팔크스가의 호위를 담당하는 자라면, 이런 것 열 개 스무 개쯤은 짊어져 보여라!"

도발하듯 말하지만 아무리 봐도 제노비아 쪽이 여유가 없다.

"멍멍(담당한 적 없어. 난 집 지키는 개가 아니라 펫이야.)"

제노비아가 바들바들 떨면서 걸어왔다. 완전 무거워 보여.

전부 1톤 정도 되지 않을까.

여전히 물리 법칙을 무시한 힘이지만, 아무리 고릴비아라도 이 양은 힘들 것 같다.

아저씨도 말렸지만 제노비아가 자신만만하게 맡겨주세

요, 라고 해서 최대한 상관하지 않도록 하고 있었다.

그대로 산길을 내려가기를 몇 분. 우리는 비로소 탁 트인 길에 도착했다.

"앗, 어서 오세요!"

마차의 짐칸에서 기다리고 있던 아가씨가 휙 고개를 들었다.

다리를 흔들거리면서 기다리는 모습도 귀여웠지만, 역시 이 미소에는 비할 수 없다.

"멍(다녀왔어——. 아가씨——.)"

달려든 아가씨에게 몸을 비볐다.

중노동의 피로도 싹 날아갔어.

"냐옹(수고하셨어요——. 로타 씨.)"

식빵 자세를 한 나프라가 눈을 가늘게 뜨고 말을 걸어왔다.

요 녀석, 내가 일하는 동안 계속 농땡이 친 거냐.

"냐옹?(그 눈은 뭐예요? 나프라는 이렇게 아가씨를 지킨다는 대의명분 아래, 아가씨와 놀거나 낮잠을 자고 있었을 뿐인데요?)"

"멍!(그걸 농땡이라고 하잖아!)"

젠장. 그건 원래 내 역할인데.

요즘 들어 계속 일만 하는 기분이 들어.

편하기만 한 인생이 내 모토인데.

"수고했다, 로타. 제노비아 씨도 고생했어."

"무, 무슨. 이까짓 것 아무것도 아닙니다."

제노비아, 무릎이 덜덜 떨려.

"멍멍(근데, 결국 이 통은 뭐야?)"

튼튼한 금속으로 된 통 안에 든 것은 산속에 있던 우물에서 퍼 올린 물이다.

굳이 이런 곳까지 구하러 와야 할 정도로 귀한 물인 걸까.

요리사인 아저씨가 물까지 신경 쓰는 건 당연하다는 느낌이지만.

"제임스 아저씨. 오늘 구하러 온 물은 뭔가 특별한 물인 거예요?"

내 궁금증을 아가씨가 대신 물어줬다.

"아아, 설명을 안 해드렸군요. 이건 광수의 일종입니다. 조금 특별한 광수죠."

아저씨가 통 하나를 열자, 펑 소리를 내며 뚜껑이 열렸다.

"꺗?!"

"멍?!(우왓! 깜짝이야!)"

아가씨와 같이 움찔해버렸다.

아저씨는 그런 우리를 아랑곳하지 않고 유리잔에 통에 든 물을 따랐다.

나는 잔에 코를 가까이 대고 냄새를 맡거나 잔 속을 들여다봤다.

볼 때는 그냥 평범한 물인데······.

아니, 살짝 거품이 떠 있다.

혹시 이건······?

"후후후. 로타, 잔 너머로 보니 얼굴이 웃기게 보여요."

"멍?(응? 그래? 이런 느낌?)"

각도를 바꿔 아가씨에게 멋진 표정을 지어 보였지만, 유리잔에 왜곡된 그 얼굴을 볼 때마다 아가씨는 배를 잡고 웃었다.

좋아해줘서 나도 좋아. 개인기로 하자.

그러고 있는데, 아저씨가 유리잔에 담긴 물에 이것저것 더하고 있었다.

사과를 얇게 썰어서 넣자 과육에 기포가 달라붙었다.

그리고 그 위에 꿀을 떨어뜨리고 가볍게 휘저어 아가씨에게 건넸다.

"드셔 보세요, 아가씨."

"우와, 잘 먹겠습니다!"

꿀꺽꿀꺽 소리를 내며, 아가씨가 사과와 꿀이 들어간 물을 마셨다.

"으음! 톡 쏘는 맛이에요……! 맛있어요!"

"멍멍!(아가씨! 나도! 나도!)"

아가씨가 손에 흘려준 물을 할짝할짝 핥았다.

"멍!(우와! 완전 강한 탄산!)"

기포가 매우 크고 거칠다.

그 강력한 거침으로 인해 기분 좋은 자극을 목구멍에 전해왔다.

거기에 사과의 상큼한 신맛과 꿀의 달콤함이 사이다 같은 풍미를 완성하고 있었다.

이거 완전 맛있어.

"여기서 구할 수 있는 물은 드물게 탄산을 포함하고 있거든요. 그대로 마시는 건 살짝 힘들지만, 요리에는 다양하게 쓸 수 있어요. 팬케이크를 폭신하게 만들어주고, 고기도 부드럽게 만들 수 있죠."

역시 이건 생각했던 대로 탄산수였군.

밀폐성이 높은 금속으로 된 통을 쓰는 건 탄산이 날아가지 않게 하기 위해서군.

"말들이 나이를 먹어서 발길이 뜸해졌었는데, 이 녀석이 와준 덕에 다시 여기 물을 쓸 수 있겠어."

아저씨가 길가에 자란 풀을 우적우적 씹고 있는 메어의 목을 탁탁 두드렸다.

"히힝(도움이 될 수 있어서 저도 기뻐요.)"

"멍멍(그래, 그래. 그런 마음가짐으로 일해서 은혜를 갚는 거야.)"

나는 귀염받는 게 역할이니까 항상 일하는 거나 마찬가지야. 본받도록 해.

"멍(그나저나 거대한 마차네.)"

나는 메어가 묶여 있는 마차를 올려다봤다.

덩치 큰 메어가 묶여 있어도 별로 크기 차이가 느껴지지 않을 정도의 대형 마차다.

아가씨가 타는 우아한 객차가 아니라, 짐을 나르기 위해

고안된 투박한 구조를 하고 있다.

비에 젖지 않도록 덮개가 씌워져 있고, 장식 같은 것은 전혀 없다.

철저히 실용성을 중시한 짐마차였다.

원래는 두 필의 말이 끌 이 마차를, 메어는 어렵지 않게 여기까지 끌고 왔다.

"옛날에는 이걸로 시내까지 장을 보러 갔었어. 말들이 나이를 먹어서 쓸 일이 없었는데, 가끔 정비해두길 잘했어. 덕분에 아직 더 쓰겠어."

마차 정비까지 할 수 있는 거냐. 진짜 못 하는 게 없는 사람이야.

"그나저나 상당히 얌전하구나. 마구에도 익숙한 것 같고. 주인이 있는 거냐?"

"히힝(글쎄요? 기억이 안 나서 모르겠어요.)"

멍하니 답한 메어는 풀을 먹느라 정신이 없다.

"뭐, 됐나. 간돌프──가 아니고, 나리께 허락도 받았어. 진짜 주인이 있다고 해도 당분간은 여기서 지내거라."

"히힝(에, 에헤헤. 고맙습니다.)"

아저씨가 이마부터 코까지 긁듯이 쓰다듬어주자, 메어가 기분 좋은 듯이 코를 울렸다.

그리고 풀을 먹었다. 식탐이 과해.

그러고 보니 벌써 해가 중천에 떴군. 배고파아.

옆을 보니, 아가씨도 귀엽게 꼬르륵 소리를 내고 있다.

둘이서 기대에 찬 눈으로 올려다보자, 아저씨가 이해했다는 듯이 쓴웃음을 지었다.

"자 그럼, 짐 싣는 건 나중에 하고, 휴식 겸 점심을 먹을까."

"멍!(와아! 점심! 점심! 기다렸어요!)"

샌드위치, 샌드위치.

외출하면, 아저씨가 만든 샌드위치가 한 세트로 따라온다. 이건 양보 못 해.

"여러분, 이쪽으로 오세요."

우리가 물을 나르는 사이에 아가씨의 전담 하녀인 미란다씨가 식사 준비를 해준 모양이다.

나무 그늘에 매트를 깔고, 샌드위치가 든 바구니도 준비해뒀다.

"멍멍!(먹어야지──. 일해서 완전 배고프니까 잔뜩 먹어야지──.)"

들뜬 마음으로 나무 그늘로 향했다.

"히힝(앗, 좋겠다──.)"

너 방금 전까지 풀 잔뜩 먹었잖아! 또 먹을 셈이냐!

"냐옹(후후후, 안 돼요──. 이건 일한 사람한테만 주어지는 상이에요──.)"

그러는 너는 아가씨 무릎 위에서 낮잠만 잤지!

"찍(그렇느니라. 후배답게 얌전히 거기서 보고 있거라.)"

너도 내 위에서 뒹굴거린 게 다잖아!

왜 우리 집에는 나보다 게으르고 식탐 많은 녀석만 모이는 건데!

내가 제일 늘어진 펫이 되고 싶은데!

내 마음속의 외침은 누구에게도 전해지지 않았다.

✝   ✝   ✝

아무튼, 기다리고 기다리던 런치 타임이에요.

나무 그늘에 깐 매트 위에 모두가 모여 앉았다.

하녀인 미란다 씨와 요리사 제임즈 아저씨는 아가씨들이 다 먹은 뒤에 먹겠다고 했지만, 다 같이 먹고 싶다는 아가씨의 바람으로 둥글게 둘러앉아 먹게 됐다.

아가씨 착해. 밥은 역시 다 같이 먹는 게 맛있어.

이제 참는 것도 한계예요. 쓸데없이 고성능인 코가 조금 전부터 풍겨오는 샌드위치 냄새를 포착하고 침이 멈추지 않아요.

너무 기대한 나머지 휙휙 흔들고 있는 꼬리가 아까부터 제노비아의 뺨을 찰싹찰싹 때리고 있지만 신경 안 써.

"너 이놈……."

제노비아가 이마에 핏줄을 세웠지만 신경 안 써.

지금 바로 공개되려 하는 점심밥이 더 중요하니까!

"나눠 담을 테니 여러분, 좋아하는 걸 골라주세요."

버드나무 가지를 엮어서 만든 커다란 바구니에서 가득 채워진 샌드위치가 얼굴을 내밀었다.

미란다 씨가 집게를 들고 접시에 샌드위치를 나누어 담아 갔다.

"멍!(맛있겠다! 평소보다 양도 종류도 많아!!)"

반죽에 채소나 견과류를 이겨 넣은 빵은 모두 다 알록달록하고, 빵 사이에 끼운 재료도 같은 것을 찾기 힘들 정도로 종류가 다양하다.

"어이어이, 급하게 굴 거 없어. 아가씨 것까지 먹지 않도록 잔뜩 만들어 왔으니까."

맞은편에 앉은 아저씨가 앞발을 버둥대는 나를 보고 웃었다.

평소보다 넉넉한 샌드위치는 요즘 점점 더 식욕이 왕성해진 나를 위한 것이었던 모양이다.

"멍!(역시 아저씨는 눈치가 빨라~!)"

성장기라 그런지 진짜 배가 고파 죽겠어.

하지만 끝없이 먹는 건 아저씨 요리가 너무 맛있어서라고 생각해.

부잣집 풍보 개를 노리는 나로서는 세로가 아니라 가로로 커지고 싶지만. 현재로서는 먹으면 먹을수록 균형 좋게 커지고 있다.

낭창낭창한 네 다리. 날카로운 이빨. 크고 날카로운 눈과 귀.

으음, 아무리 봐도 늑대인 척하면서 마랑의 정점에 있는 마랑왕이야.

젠장. 누가 이런 몸으로 만들었어! 그 푹신푹신한 여신이야. 알아!

슬슬 개인 척하는 것도 한계가 올 것 같다.

빨리 대책을 세워야 해.

뭐, 힌트는 이미 얻었어. 조만간 도전해보자.

"멍멍(그건 그렇고, 지금은 눈앞에 있는 샌드위치예요.)"

"냐옹(네네——.)"

"찍찍(내 몫도 주거라. 거기 요리사한테는 들키지 않게.)"

들키면 제거당하니까. 왜 하필 변신할 동물로 쥐를 고른 거야.

요리사의 천적이라고.

"찍……(변신하는 데는 강한 상상력이 필요하니라……. 익숙한 걸로 변신하는 게 제일 편한데, 내가 살던 동굴에는 박쥐나 쥐 정도밖에 없었기 때문이니라…….)"

외톨이 드래곤은 친구가 없었다.

"멍(저기, 뭔가 미안…….)"

"찍!(사과하면 괜히 더 슬퍼지니 그만두거라!)"

"멍멍(오랫동안 힘들었지? 앞으로는 좀 더 따뜻하게 대할게.)"

"찍(그럼 얼른 아내로 맞이해서 외로움을 달래주거라.)"

"멍(그건 안 돼.)"

아무튼, 모두에게 접시가 돌아간 것 같다.

직접 먹어보자고요.

알록달록한 샌드위치 중에 내가 가장 먼저 점찍은 것은 완전 두툼한 계란말이가 끼워진 간단한 것이었다.

"멍!(잘 먹겠습니다아!)"

있는 힘껏 입을 벌리고 덥석 먹었다.

샌드위치에 쓰인 얇은 빵 반죽은 살짝 구워진 것으로 바삭한 식감을 선사했다.

고소한 냄새를 느끼면서 빵을 뚫은 다음에는 두툼한 계란말이가 기다리고 있었다.

"멍……(우와──. 이게 뭐야. 폭신폭신해──.)"

달게 간을 한 계란말이는 촉촉하면서도 부드러워 혀 위에서 사르르 녹아내렸다.

더욱이 빵 사이에 발려 있던 머스터드가 알싸한 풍미가 더해져, 단짠 콤보로 무한정 들어갈 것 같다.

"냐옹(이 생선 샌드위치도 굉장히 맛있어요──.)"

나프라가 먹고 있는 것은 연어와 케이퍼가 들어간 샌드위치군.

훈제로 맛을 낸 연어에 케이퍼 초절임의 신맛이 잘 어울린다.

"냐옹(렌 님은 뭘 드실래요──? 생선 튀김이 들어간 건 어떠세요──?)"

나프라가 자기 것을 먹으면서도 부지런히 렌을 챙기고 있다.

아저씨한테 들키지 않도록 몰래 자기가 먹는 것을 작게

찢어서 언젠가 생햄을 먹었을 때처럼 부유 마법으로 내 갈
기 속에 숨은 렌에게 건넸다.

털이 지저분해지지 않게 흘리지 말고 먹어.

"찍(나프라야. 이제 그만 생선이 아닌 다른 걸 먹고 싶구
나⋯⋯.)"

"냐옹(아아, 그럼, 이 정어리 올리브유 절임과 치즈가 들
어간⋯⋯.)"

"찍!(그것도 생선이니라!)"

음── 처음 만났을 때 쥐를 싫어하던 모습은 어디로 간
걸까. 장난치는 두 마리는 정말 사이가 좋다.

그리고 다음 샌드위치도 나프라가 좋아하는 게 선택됐다.

"냐후후(생선의 짠맛이 치즈의 순한 풍미와 어우러져서
굉장히 맛있어요──.)"

"찍(분명 맛있지만, 이제 그만 다른 종류를 다오⋯⋯.)"

"냐옹(음── 그럼── 역시 흰살 생선 튀김이 들어간 게
좋으세요?)"

"찍!!(내 말을 들어라!!)"

나프라는 생선 계통의 샌드위치가 좋은 모양인데, 역시
고양이라서일까.

참고로 이전 생에서 들은 이야기인데, 고양이는 원래 육
식으로 생선보다 고기를 좋아하고, 고양이가 생선을 좋아
한다는 이미지는 나중에 붙여진 거라고 한다.

아주 먼 옛날에는 고기를 먹는 관습이 없어서, 단백질원

이 생선 정도뿐인 탓에 육식인 고양이는 어쩔 수 없이 생선을 먹을 수밖에 없었다나.

하지만 곰곰이 생각하면 애초에 이 녀석은 고양이가 아니었다. 고양이의 형상을 한 호문쿨루스 플라에몽이었다.

단순히 이 녀석의 취향이야.

"찍……!(고얀 고양이 녀석, 분명 나를 깔보고 있구나. 다시 드래곤의 무서움을 깨닫게 해주마……!)"

"멍(에이, 진정해, 렌. 내 거 줄게.)"

당장이라도 갈기 속에서 뛰쳐나가려 하는 렌을 말렸다.

이런 상황에서 드래곤으로 돌아가는 건 못 참아.

한 조각 물어 공중에 던지자, 쏙 하고 푹신푹신한 갈기 속으로 들어갔다.

"찍찍(흠, 네가 고생이 많구나, 나리야. 아무리 그래도 긍지 높은 용족인 내가 몰래 숨어서 식사하다니. 인간족들아, 내가 관대해서 다행이니라…… 흐아아아아아?! 맛있어! 맛있구나! 나리야! 이거 맛있구나!)"

"멍멍(그래, 그래. 잘됐네.)"

투덜거리는가 싶더니 이번에는 샌드위치 맛에 호들갑을 떨었다.

천 년 넘게 살고 있으면서 마음은 완전히 아이 같은 녀석이다.

인간화했을 때의 어린 여자애 스타일도 당연한 모습인 건지도 모른다.

"멍(그럼, 나도 다음 걸 골라볼까.)"

역시 이번에는 고기로 가야 하지 않을까.

아까부터 두툼한 돈가스로 짐작되는 튀김이 끼워진 샌드위치가 궁금했다.

단면으로 보이는, 풍미를 간직한 채 골고루 튀겨진 분홍색 고기.

먹어야 해. 이건 먹어야 해.

"히힝!(로타 씨──. 부탁이에요──. 저도 먹고 싶어요오!)"

떨어진 곳에서 마차에 묶인 메어가 앞발로 땅을 박박 긁으며 울었다.

"멍(쯧, 할 수 없지. 한 개만이야.)"

나도 아직 양이 안 찼어.

당근과 옥수수 버무린 것을 끼운 샌드위치를 물고 메어에게 갖다 줬다.

이거라면 초식인 저 녀석도 먹을 수 있겠지.

메어의 정체는 불타는 해골 좀비니, 엄밀히는 말과는 다르겠지만.

당근을 좋아한다고 했었고, 기분이다, 기분.

"메어한테도 나눠주는 거예요? 로타는 착하네요──."

데헤헷. 아가씨한테 칭찬받았다.

같이 따라온 아가씨와 메어의 앞까지 타박타박 걸어갔다.

"멍(자, 먹어.)"

"히힝(이, 입으로 주다니! 부끄러워요오!)"

시끄러워. 말이 부끄러워해도 하나도 안 기뻐.

"멍(안 먹으면 땅에 떨어뜨린다.)"

"푸르르(으아아, 먹을게요, 먹을게요!)"

내가 문 샌드위치를 메어가 덥석 물었다.

우적우적 턱을 좌우 비스듬히 움직여 씹는가 싶더니, 번쩍 눈을 부릅떴다.

"히힝!!(너, 너무 맛있어요! 이, 이렇게, 이렇게 맛있는 걸 먹을 수 있다니……! 지금 당장 성불해도 좋아!)"

"멍(하지 마, 하지 마. 너 아직 하나도 일 안 했으니까. 적어도 먹은 만큼은 일해서 갚아.)"

"후후, 잘됐네요."

아가씨가 메어의 코를 옳지옳지 하고 쓰다듬었다.

"우와! 말랑말랑한 게 기분 좋아요!"

메어의 코 감촉이 마음에 들었는지 아가씨는 집중해서 코끝을 만지기 시작했다.

"히힝!(히잉! 그, 그렇게 쓰다듬으시면, 너무 좋아서, 저는, 저는……!)"

"멍(성불하지 말라고. 진짜로.)"

그렇게 점심 식사 시간은 즐겁게 지나갔다.

팔크스가에 새로운 동료가 늘어나, 다시 소란스러워질 것 같다.

† † †

펠트벨크 숲의 동부.

팔크스 변경백의 영지이자 아직까지 사람의 손이 닿지 않은 미지의 장소에, 그 묘지가 있었다.

사람이 발을 들인 적 없는 땅이지만, 황량한 대지에는 수많은 묘비가 불규칙하게 늘어서 있다.

대체 언제부터 있던 묘지인지, 돌로 만들어진 무수히 많은 묘비는 당장이라도 쓰러질 듯이 낡아 있었다.

보랏빛이 섞인, 축축하고 더운 땅의 짙고 독한 기운이 흙을 핥듯이 떠돌고, 묘지 주위에는 나무 한 그루, 풀 한 포기 자라 있지 않았다.

주변의 나무로 번지는 부패가 아직 진행 중인 것으로 보아, 이 묘지에 독한 기운이 떠돌기 시작한 지는 그리 오래되지 않은 듯하다.

"나의 사도는 아직 귀환 전인가요……."

그 중얼거림은, 뼈가 스치는 것처럼 삐걱거리고 있었다.

소리에 맞춰 독한 기운이 농도를 더해갔다.

"도망친 말을 데리고 돌아오는 정도의 일이 그렇게 어려울 것 같지는 않은데요……."

나른하게 중얼거린 그 인물은 묘지를 내려다보는 황량한 언덕에 서 있었다.

노인 같은 메마른 목소리로 혼자 생각에 잠겼다.

돌로 된 옥좌에 걸터앉아 그림자처럼 어두운색 로브로 몸을 감싼 모습은 왕이라기보다 사교의 사제 같은 차림새였다.

입은 의상도 무섭지만, 그것을 두른 자의 모습은 이형, 그 자체다.

몸집이 크다고 하기에는 명백히 인간의 범주를 뛰어넘은 체구.

왕좌에 앉아 있는데도 집보다 높은 위치에 있는 머리.

오른손에 쥔 석장은 기둥처럼 길고, 목에 감은 보석은 바위 같은 크기다.

무엇보다 그 거대한 몸에는 살 한 점도 붙어 있지 않았다.

피부도 근육도 장기조차 없다. 금이 간 도기 같은 골격이 로브 밑으로 엿보이고 있었다.

거대한 몸을 구성한 그 뼈도 자세히 보면 단순한 뼈가 아니다.

수많은 작은 인골이 모여 하나의 뼈를 모방하고, 그것이 더욱 모여 거대한 골격을 갖추고 있다.

시체를 모아서 만든 뼈의 형상.

그것이 지하의 옥좌에 앉은 거인의 정체였다.

만약 천 년 전의 대전을 아는 자가 있다면 그 존재를 마왕군 5대 마장 중 한 명 사령도사 리치다, 라고 괴로운 목소리로 외칠 것이다.

"인간 중에 나의 사도를 물리칠 자가 있다고는 생각하지 않지만, 뭔가 문제가 일어났을지도 모르겠군요……."

자랑하는 사도가 설마 드래곤의 꼬리에 짓뭉개졌다고는

생각하지 않는 리치는 의문을 품은 채 술잔을 쥐었다.

"이거 참, 좀처럼 뜻대로 되지 않는군요. 우리 마왕군이 그 용사에 의해 봉인된 지 천여 년. 비로소 봉인에 균열이 생긴 것은 좋았지만, 깨어난 것은 나뿐이라니……. 용사의 봉인은 여전히 강력한 힘을 유지하고 있는 것 같군요……."

왕좌에 팔꿈치를 받치자 무수히 많은 뼈가 소리를 내며 스쳤다.

"흠, 그러고 보니 그 용사의 이름이 뭐였지요……? 증오하는 원수의 이름을 잊어서는 안 되지요. 봉인의 영향인지 아무래도 기억이 명료하지 않군요."

리치가 눈을 뜬 것은 불과 며칠 전 일이다.

근처에서 대규모 마술이 행사됐는지 이 땅 전체에 걸린 봉인이 약해진 순간이 있었다.

그 틈에 마술과 불사성에 뛰어난 리치는 봉인을 뚫고 나왔지만, 무리하게 봉인을 깬 탓인지 묘하게 의식이 또렷하지 않았다.

"나이트메어가 내 곁을 떠난 것도 그 탓일까요. 창조주인 내 얼굴도 잊은 것 같던데 말이죠……."

나이트메어는 리치의 얼굴을 보자마자, 『괴물 무서워어어어!!』 하며 혼비백산 서쪽으로 달아나버렸다.

"서둘러 사도에게 뒤쫓게 했지만 아직 돌아오지 않는 이상, 추가로 병사를 보내야겠군요. 나이트메어는 내가 공을 들여 완성한 사령군마. 언젠가 부활하실 마왕님께 바치기 위해서라도 놓칠 수는 없습니다."

리치는 손짓하듯이 왼손을 들었다.

로브의 옷자락에서 새어 나온 독한 기운이 몇 개의 묘지에 모이고, 농도를 더해갔다.

그러자 대지가 솟아오르고, 묘지 밑에서 여러 개의 해골이 기어 나왔다.

"부르셨습니까, 사령도사님."

석좌의 주인에게 해골들이 무릎을 꿇었다.

"충실한 나의 사도들이여. 서쪽으로 가, 달아난 나이트메어를 데리고 돌아오세요. 기우라고는 생각하지만, 이미 향한 형제의 신변에 무슨 일이 생겼을지도 모릅니다. 조심하세요."

"예! 걱정해주셔서 감사합니다! 저희 일기당천의 사령병이 나약한 인간들 따위 물리치고 반드시 어전에 군마를 데리고 돌아오겠습니다!"

해골병들은 노련한 무사의 충성심으로 주군의 명을 받았다.

그 모습에 리치는 만족스레 끄덕였다.

"호호호. 인간 따위 당신들의 상대가 되지 않겠지요. 신속히 돌아오기를 기대하고 있습니다."

""""예!""""

묘지에서 소환한 각각의 장비를 갖추고, 강자의 풍격과 사령의 공포감을 풍기면서 해골병들은 서쪽으로 출정을 떠났다.

이제부터 일어나는 것은 불사의 군세에 의한 유린이다.

그런 기대를 할 정도로 충분한 용맹함이었다.

† † †

찰싹. 찰싹. 찰싹. 찰싹. 찰싹.

한밤중의 밭에, 꼬리를 내리치는 소리가 울려 퍼졌다.

"크악?!"

"이럴 수가?!"

"불사인?!"

"우리가?!"

"이렇게나?!"

"쉽게?!"

그것은 그야말로 유린이었다.

죽 늘어앉은 해골들이 가차 없이 찌부러졌다.

"멍(아이고. 올 줄은 알았지만 이렇게 단체로 오다니······.)"

나는 땅에 배를 깔고 누우면서 부조리하게 찌부러지는 해골들을 구경했다.

뭔가 두더지 게임 같군.

부활해서 일어서는가 싶더니 다시 땅에 내동댕이쳐졌다.

그런 모습이 우스꽝스러운 애잔함을 불러왔다.

"찍(아이고가 아니니라. 나만 일하게 하고 말이다······.)"

렌이 투덜거리면서, 쥐 변신을 해제한 꼬리를 해골에게 휘둘렀다.

"멍멍(일하지 않는 자 먹지도 말라라고 하잖아. 평소에 먹고 자는 은혜를 이번 기회에 갚아.)"

"냐옹(당당히 자기는 쏙 빼는 로타 씨의 자세, 굉장해요──.)"

"멍(그렇지, 그렇지. 자, 나프라도 일하시게나.)"

"냐옹(일하고 있어요. 도망치는 해골을 렌 님 앞에 보내고 있잖아요.)"

나프라가 손짓하자, 재생을 되풀이하면서 간신히 렌의 꼬리에서 벗어난 해골이 순식간에 붙잡혀 돌아왔다.

그리고 인정사정없는 꼬리의 일격이 해골을 산산조각 냈다.

지독한 콤보야. 벽에 박아 넣고 패기보다 지독한 걸 봤어.

"크하암(아저씨 밭에는 피해가 가지 않게 해줘──.)"

나는 크게 하품을 하고 앞발에 턱을 얹고 엎드렸다.

처음 해골을 만났을 때는 오싹한 모습에 오줌을 지리기도 했지만, 이래서는 컨베이어 벨트 작업을 지켜보는 것보다 지루하다.

우리 군이 압도적이야.

"히힝(으아아, 이, 이 사람들도 저를 찾으러 온 거예요?)"

근처에 있는 마구간에서 얼굴을 내민 메어가 부들부들 떨었다.

"멍(글쎄? 그건 모르겠지만, 이 녀석들이 이대로 계속 가면 밭이 망가지고, 그 앞에는 저택도 있으니까.)"

어느 쪽이든 제거할 뿐이다.

내 쾌적한 펫 라이프를 방해하는 자는 마땅히 가루로 만들어야 해.

뭐, 가루로 만드는 건 렌이지만.

"푸르르(한심해, 메어. 팔크스가의 말이 됐으면 당당히 굴거라.)"

"히힝(영감, 메어는 여자애예요. 무서워하는 게 당연하잖아요.)"

렌의 양옆에 사는 이르시브 부부가 겁먹은 메어에게 코를 붙이고 메어를 진정시키고 있다.

"히, 히힝(거, 겁쟁이라서 죄송해요…….)"

"히힝(걱정 말아요, 메어. 무슨 일이 생기면 이 집의 늑대 씨가 구해줄 거예요.)"

"히힝!(정말요? 로타 씨가 지켜주는 거예요?!)"

"멍멍(그렇게 기대에 찬 눈으로 쳐다봐도 말이야. 한낱 애완견한테 어쩌라고. ……근데, 너도 암컷이었냐.)"

"히, 히힝(그, 그런 것 같아요. 에헤헤.)"

왜 수줍어하는데.

동물의 성별 같은 건 전혀 모르고, 어디까지나 아무래도 좋을 정보다.

남자아이 같은 말 소녀라니. 누구한테 좋은 건데.

"찍!(여봐라, 거기 말! 지금 내 남편한테 꼬리 쳤지! 용서하지 않겠다!)"

꼬리를 찰싹거리면서, 렌이 쥐의 작은 손가락을 척 뻗어
왔다.

"멍......(그런 적 없고, 설사 그랬다 해도 나는 짐승을 안
좋아해서 효과 없어.)"

"찍(그랬느니라. 나리는 나뿐이었지. 남편의 바람을 의심
하는 건 있어서는 안 될 일이었다. 용서해다오, 나리.)"

"멍(음, 이상하네. 분명 말은 통하는데 대화가 안 돼.)"

"찍(이미 대화조차 필요 없는 사이라니, 나리와 나는 척하
면 척이구나!)"

뭐야, 이 꿋꿋한 모쏠은.

이 꿋꿋함은 어떤 의미로는 굉장하다.

"멍(그나저나 이 해골은 어디서 온 거지? 숲속은 가로 무
리가 순찰을 도니까 무슨 일이 있으면 바로 눈치챘을 텐데.)"

우수한 마랑족인 그 녀석들이 놓치고 못 봤다고는 생각하
기 어렵다. 내버려 두고 있는 이유는 뭘까.

이 녀석들을 정리하면 물어보러 가자.

아잉아잉 하고 몸을 비틀면서 꼬리로 해골을 때려 부수는
렌을 반쯤 뜬 눈으로 바라보면서, 나는 그렇게 결심했다.

05 구토 광선 축제다!
했더니 고기가 맛있었다!

"아우우!!(죄송합니다!!)"

"머, 멍?(으, 응? 왜, 왜 그래?)"

등장하자마자 가로가 슬라이딩으로 무릎을 끊고 사죄했다.

렌의 꼬리로 해골들을 땅에 처박은 뒤, 가로 무리에게 이 야기를 들으러 숲에 들어오자, 녀석이 우리가 있는 곳으로 찾아왔다.

"컹컹……!(왕이여, 용서해주십시오……!)"

그러고는 이렇게 사죄했다.

부하인 마랑들도 가로와 같이 땅에 넙죽 엎드린 상태다.

꼬리를 말고 용서를 구하는 모습이 어쩐지 귀엽다.

젠장. 펫인 나보다 귀엽고 그러는 거 아니야!

"""컹컹……(용서해주십시오……!)"""

마랑들은 바들바들 떨기만 할 뿐, 도무지 요령부득이다.

"멍멍(그러니까 뭐가? 우선 사정부터 설명해줘. 다짜고 짜 죄송하다고 해도 뭐가 뭔지 전혀 모르겠어.)"

엎드린 자세를 풀게 하고, 나는 가로 일동 앞에 앉았다.

"컹……(네, 실은…….)"

가로는 앉은 자세를 바로 하고, 지금까지의 경위를 들려 줬다.

"컹컹(며칠 전부터, 또 마물의 숫자가 늘어나기 시작했습니다.)"

"멍멍(그래? 전에 늘어났을 때라면, 내가 너희랑 처음 만났을 때 말하는 거야?)"

그때는 분명 미궁수인가 하는 천연 던전이 발생하고, 그것 때문에 마물이 늘어난 거였나.

"컹컹(네, 이미 미궁수가 몇 개나 발견돼, 거기에 대처하느라 다른 걸 돌볼 여유가 없었습니다…….)"

"멍(아. 그건 어쩔 수 없지.)"

전에도 미궁이 하나 생긴 것만으로 마물이 숲 밖으로 나올 정도였으니까. 그게 몇 개나 생긴 거면 바쁜 것도 당연하겠지.

딱히 뭐라고 할 일도 아니다.

마랑족은 잘해주고 있다고 생각해.

"컹, 컹……!(과, 관대하신 말씀, 감사합니다……!)"

"멍멍(그렇다는 건, 아까 그 해골들도 미궁에서 나온 건가.)"

그 녀석들이 메어를 데리고 돌아가려고 했다는 건, 메어도 미궁 출신의 몬스터인 걸까?

"히힝?(그런 거예요?)"

몰라.

본인이 모르는 걸 내가 알 리가 없다.

마구간에서 얼굴을 내밀고 고개를 갸웃하는 메어는 참으로 천하태평이다.

이 녀석이 사령인 걸 깜빡할 뻔했어.

"찍(그래서, 나리여. 어떻게 할 작정이냐.)"

꼬리를 작게 되돌린 렌이 내 등을 뛰어올라 머리에 달랑 앉았다.

"찍찍(이 숲은 나리의 영역 아니냐. 가만히 내버려 둘 셈 이냐?)"

"멍멍(음, 좀 걸리는 건 있지만, 우선은 미궁부터 수습하 러 갈까.)"

확실히 그건 보통의 마물은 안에 들어가기만 해도 미궁에 갇히는 거였어.

좋은 냄새가 나서 거부할 수 없다고 전에 가로가 말했었 지만, 나한테는 화장실 방향제 냄새로밖에 느껴지지 않으 니 문제없다.

나를 유혹하고 싶으면 아가씨 정도로 좋은 냄새를 풍긴 뒤에 덤벼.

아가씨의 향기로 말할 것 같으면 봄에 핀 벚꽃처럼 달콤 하고 상큼해서 맡는 것만으로도 행복해진다.

빨리 해결하고 아가씨의 향기로 가득한 침대로 돌아가고 싶어.

"커, 컹!(히, 힘을 빌려주시는 겁니까?)"

"멍(당연하지. 친구가 곤란할 때 돕는 건 당연하잖아.)"

뭐, 이전 생에서 친구 같은 게 있어본 적이 없어서 실제로 그러는 건지는 모르겠지만!

친구는 그런 느낌 아닐까? 상상이지만! 하하하!

……하아, 슬프다. 이전 생을 떠올리면 슬픈 기억밖에 없으니 관두자.

"컹?!(치, 친구?! 어찌 감히……! 저희 마랑족은 로타 님의 충실한 신하입니다……!)"

으음. 나로서는 좀 더 친하게 지내고 싶지만, 이 녀석들은 아직 인간계를 침공하려는 바람을 갖고 있어.

존경심을 잃으면 마랑족을 막는 것도 어려워질 것 같으니 왕 놀이는 계속하는 게 좋을지도 몰라.

"멍(뭐, 그런 얘기는 나중에 하고, 날이 밝기 전에 끝내자.)"

"컹!(예! 안내해드리겠습니다!)"

† † †

"어흐으으으으응!!(나와라 광서어어어어어어언!!)"

궁극의 파괴 마법, 나의 구토 광선이 미궁을 수직으로 꿰뚫고 무너뜨렸다.

"컹!(훌륭하십니다, 왕!)"

나는 무너진 미궁을 등지고, 떨어진 곳에서 모습을 지켜보고 있던 가로 일동 곁으로 돌아왔다.

"찍(용케 이 냄새를 견디는구나. 나조차 다가가는 건 괴로운 일이거늘. 역시 나리니라. 그 강철처럼 굳은 의지. 아내로서 자랑스러우니라.)"

가로의 머리 위로 자리를 옮긴 렌이 평소처럼 말씀하셨지만, 평소처럼 무시했다.

　"멍(가로, 이제 몇 개 남았어? 얼른 돌면서 부술 테니까 안내해줘.)"

　"컹!(예! 다음 미궁은 이쪽입니다!)"

　뛰어가는 가로 일동을 쫓아, 밤의 숲을 질주했다.

　"컹!(왕이여, 여깁니다!)"

　바로 그 방향제 같은 냄새가 나고, 미궁의 입구를 발견했다.

　멈춘 가로 일동을 추월해, 미궁의 입구에 머리를 박았다.

　그리고 크게 숨을 들이쉬고,

　"어흐으으으응!!(나와라, 광서어어어어언!!)"

　구토 광선으로 파괴에 성공하면, 곧장 가로의 뒤를 쫓았다.

　가로의 말로는 상당한 숫자가 발생한 모양이니까. 컨베이어 시스템으로 끝내야 해.

　"로, 로타 님?!"

　"멍?(앗?)"

　달리는 도중에 은발의 엘프와 스쳤다.

　내가 구한 엘프 자매 중 첫째다. 그 애들 마을이 이 근처인가.

　그렇다면 서둘러 미궁을 파괴해야 해. 모처럼 만든 마을을 습격당하는 꼴은 못 봐.

　"멍멍!(미안해! 지금은 바빠서, 다음에 보자!)"

그 애들을 보러 가는 것도 이 문제를 해결한 다음이다.

좀 더 느긋하게 낮에 만나러 가고 싶어. 구해준 이후로 엘프들은 나를 우러르는 분위기가 돼서 소박한 하렘 기분을 느낄 수 있다.

야한 짓을 할 생각은 없지만 우쭈쭈받고 싶은, 그런 펫 심리다.

우리는 달리는 속도를 더욱 높여, 미궁을 부수고 다녔다.

"컹!(여깁니다!)"

"어흐ㅇㅇㅇㅇㅇ웅!!(나와라 광서어어어어어언!!)"

"컹!(여깁니다!)"

"어흐ㅇㅇㅇㅇㅇㅇㅇ웅!!(나와라 광서어어어어어어언!!)"

"컹!(여깁니다!)"

"어흐ㅇㅇㅇㅇㅇㅇㅇㅇㅇ웅!!(나와라 광서어어어어어어어어언!!)"

"컹――(여기――.)"

"어흐웅――(나와라――.)"

우리는 숲속을 질주하며, 하나씩 꼼꼼히 미궁을 부수고 다녔다.

"쌔액―― 쌔액――(이, 이걸로 끝인가…….)"

"컹컹(예, 지금 부순 미궁이 마지막입니다. 고생하셨습니다, 왕이여.)"

가로의 완료 알림을 듣고, 나는 벌러덩 뒤집어졌다.

"멍……(아아, 피곤해……. 너무 외쳐서 목 아파…….)"

"찍(그 정도 대마법을 연속해서 쏘고도 피곤한 정도라니, 엄청난 마력량이니라. 보통 같으면 한 발 쏘는 것만으로 바싹 말라 죽었느니라.)"

감탄한 듯, 어이없는 듯한 모습으로 렌이 내 배에 뛰어올랐다.

"멍……(이 몸은 이럴 때는 도움이 되지만, 애초에 펜리르가 아니었으면 개인 척 고생할 필요도 없었어……. 아니, 그러면 아가씨를 고블린한테서 지킬 수 없었어. 아니, 처음에 제노비아한테 정체를 의심받지 않았으면 제노비아가 호위직을 떠나 시내에 갈 일도 없었어……. 음…….)"

"찍(뭐라고 중얼거리는 것이냐?)"

"멍(아무것도 아니에요.)"

제자리걸음이니 나는 생각하기를 관뒀다.

지금은 이 펫 라이프를 지키는 것만 생각하는 거야.

게으른 개 라이프는 아무도 방해하게 안 돼.

미궁 따위 구토 광선 한 방이면 끝이야.

일을 마친 우리는 여느 때처럼 뾰족한 벼랑에 모였다.

"컹(이번에는 저희의 불찰을 구제해주셔서 진심으로 감사드립니다.)"

""""컹컹컹!!(왕이여, 감사합니다!!)""""

미궁이 없어짐으로써 곳곳에 흩어져 있던 마랑족들이 돌아왔다.

일동이 내 앞에 열을 갖춰 엎드렸다.

"멍(됐어. 이제 그만하고 편하게 해.)"

이렇게 말해봤자 마랑들의 자세는 변함없지만.

오늘은 치하의 선물이 있으니 조금만 더 그대로 기다려줘.

"멍(나프라 녀석 늦네. 부탁한 지 꽤 지난 것 같은데.)"

"찍(그리고 보니, 오늘 밤은 그 녀석이 없구나. 나리가 무슨 심부름을 보낸 것이냐?)"

"멍(응, 마침 좋은 시기인 것 같아서.)"

"찍?(시기? 시기라니, 무슨 시기 말이냐?)"

렌이 그렇게 말했을 때, 땅이 하얗게 빛나기 시작했다.

이것은 나프라의 공간 마법이다.

"냐옹(늦었어요──. 양이 많아서, 모으는 데 시간이 좀 걸렸어요.)"

착지한 나프라의 주위에 무거운 덩어리가 우르르 쏟아졌다.

"컹?!(이, 이 냄새는?!)"

원진 앞에 있던 가로가 무심코 일어날 정도로 좋은 냄새.

증류주를 써서 건조 및 숙성시킨, 거대 멧돼지 고기다.

사냥한 지 두 달. 해체한 대량의 고기는 아저씨의 손에 의해 풍미 가득한 숙성육으로 진화해 있었다.

숙성이 끝나기 전에 가끔 슬쩍하기는 했지만, 이번에는 전부 다 갖고 왔다.

아저씨는 조금 더 숙성시켜도 맛있다고 했지만, 이제 먹어도 좋을 정도는 된 것 같아서 이 기회에 다 같이 먹기로 했다.

물론 이것들은 마랑족의 몫으로, 처음부터 아저씨가 따로 나눠주었다.

무단으로 저택 걸 갖고 온 게 아니야.

"멍멍!(다들, 항상 숲과 저택을 지켜줘서 고마워! 아직 미궁에서 나온 마물을 잡는 일이 남아 있지만, 이걸 먹고 힘을 보충해줘!)"

아저씨가 만든 요리도 완전 맛있지만, 이런 생고기를 덩어리째 먹는 게 마랑족의 취향일 것 같은 기분이 든다.

그 증거로, 어느새 모두 일어나 침을 줄줄 흘리면서 꼬리를 흔들고 있다.

"커, 컹!(다, 다들 기다려! 아직 왕의 허락이 떨어지지 않았다!)"

가로가 필사적으로 막았지만, 본인도 꼬리를 멈추지 못하고 있다.

이 이상 참게 하는 것도 가혹한 짓이겠지.

"멍!(먹어!)"

""""컹컹컹컹!!(왕이여, 감사합니다아아아아아아아아아아아아아아!!)""""

힉. 좀 무서워.

마랑들은 이빨을 드러내고 일제히 고깃덩어리로 달려들었다.

으드득. 빠드득. 우적우적. 꿀꺽.

뼈고 힘줄이고 상관없이 씹어 부숴갔다.

다들 야성적이네. 도시 아이인 나는 아저씨 요리 말고는
못 먹어.

"냐옹!(맛있어요오!)"

"찍찍!(흠. 숙성이라는 것은 부패와 전혀 다르구나. 피가
뚝뚝 떨어지는 신선한 고기와는 또 다른 맛이니라!)"

예민한 건 나뿐이었던 모양이다.

렌도 나프라도 마랑들 사이에 섞여 고기를 뜯고 있다.

겁쟁이 메어가 이 광경을 본다면, 졸도하지 않을까.

"냐옹?(로타 씨, 안 드세요? 정말 맛있어요!)"

"찍?(무슨 일이냐. 식탐 많은 나리가 별일이구나.)"

너희한테만은 식탐 얘기 듣고 싶지 않아.

듣고 싶지 않지만, 그렇게 맛있게 먹으니 궁금해진다.

"멍……(하, 하나도 안 부러워!)"

툴툴대봤지만, 혼자만 아무것도 먹을 게 없다는 사실에
쓸쓸해졌다.

이 몸 때문인지 생고기에 전혀 거부감이 들지 않는다. 오
히려 맛있는 냄새에 식욕이 돋기 시작했다.

"머, 멍멍!(역시 나도 먹어보고 싶어! 좀 나눠줘──!)"

펜리르 몸뚱이의 야생성에는 이길 수 없었어.

"하움하움(이게 뭐야. 간을 하지 않은 생고기인데 완전 맛
있어. 기름이 달고, 위스키 같은 냄새가 엄청 좋아!)"

저택에서 먹을 때는 아저씨가 조리한 걸 먹게 되니 재료
자체를 맛볼 기회는 그리 많지 않을지도 모른다.

이 기회에 실컷 맛봐두자.

"으드득으드득(뼈, 뼈도 맛있어! 특히 안에 든 골수가 완전 맛있어!)"

마랑의 강인한 턱은 멧돼지의 굵은 뼈에도 끄떡없다.

다 같이 정신없이 턱을 움직여, 남기는 것 하나 없이 전부 먹어치웠다.

"멍……(잘 먹었다……. 뼈가 맛있는 건 새로운 발견이었어.)"

렌이 찌부러뜨린 해골들도 실은 맛있는 걸까…….

살짝 맛을 상상해버렸다.

츄릅.

† † †

"무, 무슨 일일까요. 지금, 한기가 든 것 같은……? 사령 도사인 내가 한기를 느끼다니, 대체 무슨 일이……?"

멀리 떨어진 땅에서 부하의 귀한을 기다리는 리치는 살점 없는 뼈로 된 몸에 한기를 느끼고 있었다.

"뭐, 뭘까요……? 이 한기는, 마치 마왕님을 알현했을 때와 같은……."

이 감각을 아는 것은 모든 마물의 지배자인 마왕 앞에 무릎 꿇었을 때와 같은 감각이었기 때문이다.

포식자를 앞에 둔 가련한 소동물이라도 된 듯한, 그야말로 그때와 같은 감각이다.

"설마, 마왕님이 벌써 부활하셨다……?! 아니, 설마요, 그럴 리는 없습니다. 용사의 봉인은 아직 건재합니다. 봉인이 풀렸다면 바로 눈치챘겠지요. 그렇다면, 이 한기는 대체……."

덜덜 떨리는 팔을 누르며 리치는 허공을 노려봤다.

"파견한 병사들도 아직 돌아오지 않고……. 서쪽 땅에서, 대체 무슨 일이 일어나고 있는 것입니까……?!"

강대한 존재를 느끼고, 리치는 강한 초조감을 느꼈다.

"이 묘지는 마왕군의 요충지. 내가 움직일 수도 없습니다. 파병을 늘리는 수밖에 없을 것 같군요……. 나이트메어를 데리고 돌아오는 것은 나중입니다. 이번에는 귀환을 최우선으로, 정보를 갖고 돌아오게 하는 겁니다……."

리치는 떨리는 손으로 묘지에서 대량의 병사를 소환하기 시작했다.

그것이 부질없는 행위임을 무의식중에 느끼면서.

† † †

"멍(오늘도 날씨가 좋구나~.)"

마차 밖으로 얼굴을 내밀고 바람을 맞았다.

여름이 가까워지고 있어서, 마차 안에 있으면 열이 쌓인다.

오늘도 아가씨가 좋아하는 장소인 신성한 호수로 바람을

쒸러 가는 중이다.

뭐, 이 신성한 호수는 가짜 같지만요. 신성한 힘 없는 것
같지만요.

숲의 평화를 지키는 진정한 수호자들은 어제의 고기 파티
로 기운을 보충하고, 오늘도 날뛰는 마물을 열심히 퇴치하
고 있을 거다.

힘내, 마랑족. 나는 신경 쓰지 마. 숲의 평화는 너희한테
맡겼어.

나한테는 아가씨와 논다는 중요한 사명이 있어.

"로타! 로타!"

뒤에서 내 목에 매달린 아가씨가 꼬옥 껴안았다.

"멍멍(아이, 아가씨도 참 거침없다니까. 하지만 나는 개
니까 아무 문제 없어. 실컷 만져요.)"

"으음――. 로타는 푹신푹신해요――."

그치? 푹신푹신 부드럽지?

아가씨도 완전 좋은 냄새가 나니까, 안아서 좋고 안겨서
좋고. 이게 바로 윈윈 관계. 올바른 주인님과 펫의 모습이다.

"히힝(두 분은 사이가 좋네요. 부러워요.)"

마차와 함께 달리는 메어가 나에게 얼굴을 가까이 가져
왔다.

"멍멍!(안 돼! 아가씨는 나만의 주인님이야. 떨어져, 떨어
져――!)"

"히힝(그, 그런 말은 안 했는데――.)"

메어가 히힝 하고 울면서 창문에서 떨어졌다.

흥. 아가씨가 쓰다듬는 건 나 하나면 족해.

저리 가. 휘이.

"너 설마 내 말을 먹으려고 한 거냐……?"

위협적인 목소리로 물어온 것은, 메어 위에 올라탄 제노비아다.

"아우우우?!(으엑?! 오, 오해예요!!)"

젠장. 제노비아 녀석. 아직 내가 무슨 위해를 가한다고 의심하는 거냐.

그만하세요. 저는 아무 위해도 끼치지 않는 그런 녀석이라고요오.

근데, 『내 말』이라니. 메어는 팔크스가 맡게 된 것뿐, 제노비아의 개인 소유물이 아니야.

"힘이 넘치는 발걸음. 순종적인 태도. 세세한 지시도 바로 이해하는 지능. 이 정도 말을 찾는 건 쉽지 않아. 넌 분명 훌륭한 명마가 될 거야."

제노비아는 고삐에서 한 손을 떼, 메어의 목덜미를 부드럽게 쓰다듬었다.

"히힝(에헤헤, 기뻐요. 언니는 좋은 사람이네요!)"

그래. 기본적으로 좋은 사람이야. 나한테만은 완전 함부로 굴지만.

제노비아도 이제 그만 나를 마물 취급하는 건 그만해줘.

오히려 당신이 타고 있는 그 말이야말로 마물이거든요.

변화의 술식이 풀리면, 기괴한 좀비마(馬) 등장이거든요.

의심 많은 제노비아면서 왜 눈치 못 채는 건데.

나한테도 그 정도 옹이 눈깔을 발동해줘.

"아, 아가씨! 이제 곧 호수에 도착하니 자리로 돌아가 주세요!"

마부석에서 그렇게 외쳐온 것은 로리 메이드 토아다.

살짝 긴장한 얼굴로 마차의 고삐를 쥐고 있다.

"푸르르(아이고. 우리 걸음걸이가 불안한 거냐?)"

"히힝(후후. 팔크스가의 이름을 걸고, 절대로 흔들리게 하는 일은 없는데 말이에요.)"

"푸르르(핫핫하, 당연한 소리. 아가씨가 젖먹이일 때보다 더 전부터 우리는 이 마차를 끌어왔다고.)"

둘이서 나란히 마차를 끄는 이르시브 부부가 흐뭇하게 말했다.

이 부부라면 설령 마부가 없어도 저택과 호수를 오가는 정도는 간단히 해낼 거다.

그나저나 토아가 말을 몰 수 있다니 의외군.

빨래를 떨어뜨리거나 실수하는 이미지밖에 없는데.

뭐, 빨래를 떨어뜨린 건 내가 놀라게 해서 그런 거지만!

"괘, 괜찮은 건가, 저 애……."

선배 하녀인 미란다 씨가 마부석의 상황을 불안하게 살폈다.

토아의 교육 담당도 겸하고 있는 모양이니 불안하기도 하겠지.

뭐, 긴장은 했어도 고삐를 잡은 손은 익숙해 보인다. 걱정할 필요는 없겠지만, 충고는 들어두자.

"멍(자자, 아가씨. 자리에 앉아요!)"

"우물우물."

아가씨는 내 털에 얼굴을 파묻은 채 고개를 흔들었다.

나는 아가씨를 목에 매단 채로 창문 안으로 얼굴을 넣었다.

머지않아 마차는 무사히 호수에 도착했다.

† † †

"에잇, 에잇."

"으아아! 아가씨, 장난을!"

"뭐 해요, 토아도 해요. 에잇, 에잇."

"용서하세요——!"

수영복으로 갈아입은 아가씨들이 서로 물을 끼얹으며 놀고 있다.

미소녀들이 천진난만하게 노는 모습, 소중해.

"아, 아가씨, 저, 저는 수영 못 해요! 깊은 곳으로 데리고 가지 마세요……!"

"괜찮아요. 나도 수영 못 해요!"

"전혀 괜찮지 않아요——!"

아니, 저건 노는 거라기보다, 억지로 놀아지는 거군.

거의 울기 직전인 토아가 아가씨에게 이리저리 끌려다녔다.

저택의 몇 안 되는 또래니까.

지금까지는 연수를 받느라 힘들어서 아가씨와는 거의 접점이 없던 토아지만, 비로소 일에 적응이 됐는지 아가씨를 시중드는 일도 업무에 포함된 모양이다.

기본적인 전담 하녀는 여전히 미란다 씨인 모양이지만, 같은 또래인 편이 좋다는 배려인지도 모른다.

실제로 아가씨는 무척 즐거워 보이고, 평소보다 재잘대는 것처럼 보인다.

좋은지고, 좋은지고.

나는 두 사람을 방해하지 않도록 근처에서 헤엄쳤다.

절대로 수영복 차림을 몰래 훔쳐본 게 아니에요. 지켜본 것뿐이에요. 예스 로리타, 노 터치예요.

"아앗? 다리가 안 닿아요!"

"히, 히이익?!"

오오. 내가 나설 차례 같군.

개헤엄으로 척척 나아가, 두 사람 사이에 파고들어 튜브 역할을 했다.

"와아, 고마워요, 로타!"

"고, 고마워……!"

천진난만하게 웃는 아가씨와 공포로 콧물을 흘린 토아가 내 몸에 매달렸다.

"멍멍(네네. 위험하니까 얕은 곳으로 가요——.)"

내 펜리르 몸뚱이는 두 사람이 매달린 정도로는 가라앉지 않는다.

그대로 얕은 곳까지 데리고 가자, 미란다 씨가 화가 나서 기다리고 있었다.

"토아! 아가씨를 지키기는커녕 같이 빠지면 어떡해요!"

"죄, 죄송해요, 선배님!"

"자, 자자. 미란다 씨. 큰일은 없었으니 이번 일은 원만하게 넘어가죠……."

제노비아가 웬일로 달래는 편에 섰다.

이건 그거군. 제노비아도 수영을 못 하는 거군.

제노비아의 성격상 아가씨가 물에 빠질 뻔하면 곧바로 뛰어들 거다.

나한테 맡긴 채로 있었다는 것은 제노비아는 맥주병. 이상, 증명 완료.

"멍──?(그런 거지? 제노비아──?)"

"……! 흐, 흥!"

내가 히죽거리는 시선을 보내자, 제노비아는 초조하게 딴 곳으로 고개를 돌렸다. 훗, 정곡을 찔렀군.

"자, 아가씨. 너무 오래 물에 있으면 몸이 차가워져요. 올라와서 쉬어요."

미란다 씨가 아가씨와 토아의 어깨에 수건을 걸쳐주고, 햇볕이 드는 곳에 앉혔다.

"바로 따뜻한 차를 준비해올 테니 기다려주세요."

"미란다, 토아를 혼내지 마세요. 내 탓이에요…….."

"아니에요, 아가씨. 아무리 주인이라도 위험한 행동을 충고하는 것도 하녀가 할 일이에요. 토아는 팔크스가의 어엿한 하녀로 성장해야 해요."

평소에는 아가씨에게 약한 미란다 씨도 잘못된 일을 했을 때는 단호하다.

"그러니 두 사람 다 혼낼 거예요. 차를 다 마시면 각오하세요."

아이고. 아가씨, 이건 완전히 긁어 부스럼이었어.

""네…….""

동시에 풀이 죽은 두 아가씨에게 미란다 씨가 빙긋 미소 지어 보였다.

불쌍하지만, 지금은 두 사람의 성장을 위해 눈물을 삼키며 지켜보자.

괜히 참견했다가 나까지 혼나는 것도 싫고(본심).

나는 여성진에서 떨어진 곳으로 이동해, 물에 담근 몸을 흔들어 물기를 제거했다. 물이 튀면 모두가 젖어버리니까.

"찍?!(무, 무엇이냐?!)"

몸을 흔든 기세에 렌이 하늘 높이 날아갔다.

"멍(좋아, 좋아……. 응, 받았어.)"

갈기로 받고, 그 길로 나무 그늘에서 바람을 쐬는 말들에게로 향했다.

"찍……(무슨 짓이냐…….)"

"멍멍(받아줬잖아. 끝도 없이 잔 네 잘못이야.)"

펫인 나보다 무위도식하는 꼴은 못 봐.

"멍(안녕, 두 사람. 수고했어. 그리고 밤마다 시끄럽게 해서 미안해.)"

해골들이 밤이 되면 공격해 오는 게 잘못이라고는 해도, 편안한 잠을 방해하는 것도 이만저만이 아닐 것이다.

"푸르르(무슨, 무슨. 팔크스가의 말은 그 정도에 동요하지 않아.)"

"히힝(영감은 메어 앞에서 볼품 사나운 모습은 보일 수 없으니까요.)"

"푸르르(당신은 늘 한마디가 많아…… 에이 참…….)"

원숙한 부부라는 느낌이야. 사이가 좋은 건 솔직히 부러워.

"찍(우리도 언젠가는 이런 관계가 되었으면 좋겠구나.)"

"멍(친구로서라면 대환영이야.)"

"찍——!(싫으니라! 부부로서니라! 나는 다복한 가정을 꾸리고 싶은 것이니라!)"

물리적으로 불가능해요.

"멍(메어는 어때? 우리 집에는 적응했어?)"

"우물우물(네? 뭔데, 우물? 뭐라고 했, 우물우물?)"

잡초를 입 안 가득 넣은 메어가 얼굴을 들었다.

"멍……(먹든 말하든 한 가지만 해……. 근데, 너도 어지간히 먹는 걸 밝히는구나…….)"

우리 집 식충이는 이런 녀석들뿐인 건가.

"멍(그 모습이면 우리 집에 사는 건 문제 없을 것 같네.)"

아저씨도 짐마차를 끌 녀석으로 귀하게 여기고 있고, 제 노비아도 마음에 든 것 같고.

이 집의 일원으로 완전히 받아들여졌다.

……응? 혹시 메어가 나보다 높이 평가받고 있는 거 아냐?

"히힝(저, 지금 무척 행복해요. 맛있는 밥에 모두들 친절히 대해주세요. 옛날 일은 기억나지 않지만, 분명 지금이 제일 행복하다고 생각해요!)"

"푸르르(그래, 그래. 네 과거가 어떻든 지금은 이미 팔크스가의 일원이야. 계속 여기 있거라.)"

"히힝(그래. 우리도 딸이 생긴 것 같아서 무척 기쁘단다.)"

"히, 히힝(저, 정말, 여기에 있어도 돼요?)"

"푸르르(당연하지.)"

"히힝(그래. 가족이 되자!)"

부부의 따뜻한 눈길에 메어가 눈물을 뚝뚝 흘렸다.

"히, 히힝……(저, 저는…… 흐, 흐흑……. 저, 저…… 기뻐요…… 너무 기뻐요…….)"

"멍(헷. 사람 울리지 마.)"

나에게 손가락이 있었으면 코 밑을 슥슥 문질렀을 거야.

"찍(여봐라, 나리야.)"

"멍(뭗데. 지금 분위기 좋으니까 방해하지 마.)"

"찍(이 녀석 몸이 투명해지고 있는데, 내버려 둬도 되는 것이냐?)"

"멍?!(뭐?!)"

렌의 말을 듣고 메어를 봤더니, 확실히 몸이 투명해지고 있다.

"히힝(저, 정말 행복해요······. 아아, 뭔가 졸음이 와서, 몸도 마음도 가벼워······.)"

"멍멍!(이, 이 녀석, 만족하고 성불하려 하고 있어──?! 레, 렌! 서둘러! 늦어도 난 몰라!)"

"찍······(아이고. 이런 식이면 뭔가 기쁜 일이 있을 때마다 승천할 것이니라······.)"

변화의 술식을 추가한 강제 성불 취소로 무사히 없었던 일이 되었다.

† † †

호수에서 돌아와 저녁이 되고, 저녁밥을 먹고 밤이 됐다. 낮에 잔뜩 놀았던 탓인지 아가씨는 푹 잠들었다.

나는 침대에서 슬쩍 빠져나왔다.

"흠냐······ 로타아····· 안 돼요오······."

이크. 깨워버렸나?

"분수는 먹는 게 아니에요····· 우후후······."

뭐야. 잠꼬대였어.

아가씨, 아무리 나라도 분수는 안 먹어요. 아무렴 돌을 갉아 먹는 취미는 없어. 같은 단단함이면 뼈를 먹을래. 뼈 맛있어.

들춰진 이불을 다시 덮어주고, 나는 조용히 방을 나왔다.

미궁은 전부 부쉈으니 괜찮겠지만, 만약을 위해 오늘도 밤 순찰이다.

아무래도 그 해골들은 미궁과는 다른 루트로 온 것 같은 기분이 들어서 견딜 수가 없단 말이야.

지능이 높달까, 메어를 되찾으려 하는 것도 누군가의 명령 같다. 미궁에서 왔다는 말에는 위화감이 있다.

그리고 신경 쓰이는 것이, 처음에 왔던 해골이 말한 사령 도사라는 말이다.

그건 분명 아가씨가 읽어준 동화책에 나온 녀석 아니었나.

용사가 물리친 마왕의 수하였어. 완전 어렴풋하지만 그런 내용이 나왔었다.

"멍……(엑, 위험한 거 아냐? 마왕의 수하라니, 감당할 수 있는 상대가 아닌 것 같은데요…….)"

제발 내 착각이어라.

"찍(흥. 마왕의 수하 따위 나리의 발끝에도 미치지 못하니라. 그런 하찮은 상대 따위 한 방에 물어 죽일 수 있느니라.)"

렌이 털에서 얼굴을 내밀고 거칠게 콧김을 뿜었다.

뭐, 여차하면 렌한테 쓰러뜨려 달라고 하면 되나.

우리 최강 유리 멘탈 쥐는 피지컬 최강 드래곤이니까. 위험해지면 떠맡기자.

힘내, 렌. 내 펫 라이프는 네 두 어깨에 달렸어.

"킁킁(응? 뭐야. 뭔가 좋은 냄새가 나는데……?)"

저택을 나가려는데, 문득 좋은 냄새가 코를 스쳤다.

이건 고기, 고기님 냄새다.

어제 먹은 생고기와는 다른, 잘 구워서 요리한 맛있는 냄새가 난다.

그리고 희미하게 섞인 양주의 달콤한 냄새.

감 잡았어.

"멍멍!(이건, 야식의 낌새가 나——!)"

"찍(여봐라, 나리야. 밭에는 안 가도 되는 것이냐?)"

바, 밭이라.

확실히 그쪽도 내버려 둘 수는 없어.

그렇다면 답은 하나야.

"멍(너만 먼저 가줘.)"

"찌, 찍?!(뭐, 뭐라고?!)"

"멍(괜찮아, 괜찮아. 나프라도 먼저 가 있을 테니까 안 무서워, 안 무서워.)"

"찍!(내가 밤중에 혼자서 변소에 못 가는 어린애냐! 그런 문제가 아니라, 잠깐, 나리, 진짜, 여, 여봐라——.)"

"멍——(다녀오세요——.)"

창문을 열고 머리를 흔들어 렌을 밖에 떨어뜨렸다.

"찍찌익!(나리——! 돌아오면 큰일이니라——)!"

잔디밭에 떨어진 렌이 소리쳤지만, 신경 안 써.

내 머릿속은 이미 이 냄새의 근원을 더듬는 것으로 가득

차 있다.

미궁 냄새 따위보다 훨씬 거역할 수 없어.

"멍!(간다! 야식을 향해 돌격이다!)"

이런 시간에 술을 마시는 사람이라면 짐작 가는 것은 한 명뿐이다.

"멍멍!(아빠——! 요산치 높은 아빠——! 헤카테한테 들키기 싫으면 나도 야식 주세요——!)"

계단을 맹렬히 뛰어 올라가, 아빠의 서재 앞에서 멍멍 짖었다.

잠시 뒤 문에서 얼굴을 내민 것은——.

"벌써 냄새를 맡고 온 거냐. 정말 눈치 빠른 녀석이야. 아니, 코치가 빠른 건가?"

——쓴웃음을 짓는 제임스 아저씨였다.

웬일로 사복 차림으로, 검은색 와이셔츠가 어울린다. 가슴 쪽 단추가 벌어져서 야성적이야.

"멍?(엥? 아저씨도 야식 먹는 거야?)"

"자, 들어오너라. 흔치 않은 남자들만의 모임이군."

아저씨의 손짓에 방으로 들어가자, 서재의 소파에 아빠가 앉아 있었다.

"오오, 로타. 올 줄 알았다."

살짝 얼굴이 붉어진 아빠가 술잔을 들어 나를 환영해줬다.

"나리, 한 잔 더 하시겠습니까?"

"아아, 그러지."

아저씨는 키가 큰 원기둥꼴의 유리잔에 얼음을 가득 넣고 호박색 술을 조금 따른 다음, 막대로 휘저어 술을 충분히 차게 한 후 그 위에 더욱 물을 추가했다.

슈우우욱 하는 소리를 퍼뜨리는 그것은 얼마 전에 구하러 갔던 탄산수다.

마지막으로 레몬 조각을 넣고, 다시 한번 막대로 가볍게 휘저었다.

뭔가 차림이 다르니까 요리사보다 바텐더랄까, 베테랑 호스트 같아. 어른 섹시 대박.

"머, 멍(근데, 그건 하이볼 같은 거잖아요! 나도! 나도 줘, 아저씨!)"

"뭐야. 너도 주당인 거냐. 잠시 기다려봐라. 깊은 접시가 더 마시기 편하겠지.)"

"멍(앗싸!)"

아저씨가 나에게도 하이볼을 만들어줬다.

접시에 담긴 탓에 수프처럼 보이지만, 나는 신경 안 써. 마실 수 있으면 그만이야.

"드시죠, 나리."

"그래, 고마워. 그리고 제임즈. 여기서는 존댓말 쓸 필요 없어. 옛날처럼 대화하자고."

"……뭐, 다른 직원도 없으니…… 알았어, 간돌프. 그럼, 오늘은 편하게 즐기는 거로 하지."

두 사람은 잔을 부딪쳐 건배했다.

꽃중년이 둘. 그림이잖아.

나는 건배할 수 없으니 신경 쓰지 않고 접시에 얼굴을 박았다.

꿀꺽꿀꺽. 캬──.

"멍(맛있어! 알코올에 모난 데가 없달까, 순한 풍미에 목넘김이 상쾌해──. 완벽한 배합률이야, 아저씨.)"

하이볼 한 잔을 만드는 데도 실력이 빛나고 있다.

"자, 안주도 챙겨 먹어라. 위에 안 좋으니까."

그렇게 말하며 아저씨가 내민 그릇에 담긴 것은, 얇게 썬 붉은 살코기다.

"머, 멍!(이, 이 선명한 색은, 혹시……?!)"

"로스트비프, 아니, 로스트 보아인가? 숙성이 끝나서 시험 삼아 만들어봤는데, 먼저 우리끼리만 시식이다. 다른 녀석들한테는 비밀이야."

쉿 하며 윙크하는 아저씨. 반해버리겠어──.

"흠, 맛있어. 소스를 뿌리지 않았는데도 맛이 제대로야."

"고기를 묵혔다가 불에 익힐 때 적정 온도로 데운 조미액에 담갔거든. 보통 마리네이드는 굽기 전에 하는 거지만, 고기는 식어가면서 즙을 빨아들이니까. 응용이야, 응용."

"하움하움!(마, 맛있어어어!! 근데, 어쩜 이렇게 부드럽지?! 붉은 살코기인데 입에서 사르르 녹아!!)"

아저씨는 아이처럼 천진하게 웃으며 우리에게 설명해줬다.

"헤헤. 여기에는 지금 너희가 마시고 있는 탄산수가 쓰였어."

"멍?(엑. 탄산수를 요리에 쓸 수 있어?)"

그러고 보니 아저씨가 전에 뭐라고 했던 것 같기도 하지만, 먹는 데 집중하느라 제대로 듣지 않았다.

탄산수가 요리에……. 이전 생에서 편의점 밥으로 때우던 나에게는 이해가 닿지 않는 영역이다.

"굽기 전에 30분 정도 담가두면 고기의 단백질과 산성인 탄산수가 반응해서 육질이 부드러워져. 그리고 단순히 물을 스미게 하면, 구울 때 증발하는 수분의 양을 미리 보충할 수 있어서 싱싱하게 완성되는 거지."

"흠. 요리는 잘 모르지만, 역시 명불허전이야, 제임스. 요리에 그렇게까지 탐구심과 열정을 갖고 임하는 요리사는 너 말고는 본 적이 없어. 왕은 정말 아까운 인재를 놓쳤어."

아아. 아저씨는 무슨 문제를 일으키고 이 집에 왔다고 했지? 원래는 왕궁의 요리장이라고 했었어. 어디선가 그런 말을 했던 것 같다.

"헷. 어디에 있든 먹어주는 녀석이 있으면 나는 요리사야. 궁정 따위 어깨만 뻐근해. 지금이 훨씬 더 즐겁게 일할 수 있어."

"그거 다행이군. 너를 부른 보람이 있었어."

"네가 도와주지 않았으면, 애초에 요리사를 계속하기 전에 죽었어."

목을 손날로 탁탁 때리더니, 아저씨와 아빠는 폭소를 터뜨렸다.

"멍……(어이어이…….)"

전혀 웃을 일이 아니야. 처형당할 뻔했잖아.

"처형이라고 하니, 옛날에 식재를 훔쳐서 큰일을 당한 적이 있었지."

"아아, 견습으로 일했던 큰 가게 얘기군. 거기 주인장이 완전 열 받는 녀석이었어."

"그래, 생각났어. 네가 그 돼지 자식, 조금은 살 좀 빼, 하면서 갓 사들인 고기를 통째로 훔쳤었지."

"바로 들키긴 했지만 말이야. 그때 마리안나 님이 도와주지 않았다면 어떻게 됐을지."

두 사람은 꽤 오래전부터 알던 사이였군. 두 사람만 아는 옛날이야기로 이야기꽃을 피웠다.

"그 소동이 없었으면 나도 아내를 만나지 못했겠지."

"그리운 이야기야. 메어리 아가씨도 해가 갈수록 마리안나 님을 닮아가고 있어. 분명 엄청난 미인이 될 거야."

"……흐, 흐윽, 메어리도 언젠가 누군가의 아내가 될 날이 올까……?!"

"어이어이, 울지 마. 아직 먼 이야기잖아. 마셔, 마셔. 오늘은 밤새 어울려줄 테니까."

마리안나는 처음 나온 이름이군. 아가씨의 엄마인 것 같지만 나는 만난 적이 없고, 이야기로 짐작건대 이미 돌아가신 것 같군.

아가씨가 외로움을 타는 성격인 것도 일찍 어머니를 떠나보냈기 때문인지도 몰라.

내일은 평소보다 더 많이 쓰다듬게 해줘야지.

펫인 내가 할 수 있는 일은 그 정도야.

"……응? 제임즈, 무슨 소리 안 들려?"

"응?"

아빠가 코를 훌쩍이면서 얼굴을 들었다.

"멀리서 뭔가를 때리는 듯한 소리가…… 봐, 또 들렸어……."

"나는 전혀 모르겠는데. 취해서 환청이라도 듣는 건 아니겠지?"

"으, 으음. 그렇게까지 마신 것 같진 않은데. 분명히 들리는데 말이야. 찰싹, 찰싹 하는 소리가……."

응, 아빠가 맞았어.

밭을 잊고 있었어.

아무래도 오늘도 납신 모양이다.

회식은 여기까지인 모양이다. 시끄러워지기 전에 끝내야 해.

나는 고개를 갸웃하는 두 사람을 두고 방을 나왔다.

꼬리로 탁 문을 닫고, 2층 창문으로 뛰어내렸다.

그대로 도움닫기를 해 저택의 담을 뛰어넘어 곧장 밭으로 향했다.

땅을 때리는 렌의 꼬리 소리가 점점 더 커지고, 밭에 도착했을 때, 나는 절규했다.

"머, 머어어어엉?!(와, 완전 많아아아아아아!!)"

달빛에 비친 수많은 해골.

그 수는 이미 군단을 이뤘다.

"히이이이이이잉!!(괴물 무서워, 괴물 무서워어어어어어어어어!!)"

괴물은 너도야.

벌벌 떠는 메어가 있는 마구간을 지나, 해골과 싸우는 렌과 나프라에게로 향했다.

"찍!(왜 이제 오는 것이냐, 나리! 뭘 하고 있었어!!)"

죄송해요. 남자들의 모임을 즐기고 있었어요.

"냐옹!(앗, 로타 씨 입에 음식 부스러기가 붙어 있어! 우리한테 일을 시켜놓고, 자기만 야식을 먹다니 치사해요!)"

"머, 멍(나, 날 신경 쓸 때가 아니야! 앞, 앞!)"

"냐옹?(응?)"

어리둥절해하는 나프라의 등 뒤로 해골이 쇄도하고 있었다.

녹슨 창을 번쩍 쳐들어 나프라를 찌르기 직전, 간발의 차로 지켜냈다.

가랑이 밑에 나프라를 숨기고, 등 뒤에서 날아오는 해골들의 공격을 막았다.

창은 내 몸에서 튕겨 나가, 조금의 충격도 주지 못했다.

"멍(아프진 않지만 무서워!)"

"냐옹(으아아, 고마워요, 로타 씨.)"

"찍!(네놈들! 내 남편한테 무슨 짓들이냐!)"

부러진 무기가 저편으로 날아가고, 다음 순간, 렌의 꼬리가 해골을 때려 뭉갰다.

그러나 숫자가 숫자다. 점점 우리를 향해 돌진해왔다.

"찌익!!(에잇, 성가시다!!)"

세로로 때려 뭉개서는 끝이 없다고 판단했는지, 렌은 꼬리를 옆으로 휘둘렀다.

해골들은 산산이 부서졌지만, 머지않아 다시 부활하기 시작할 거다.

그것도 이렇게 대군이다. 전력적으로 괜찮을까.

"찌익!(흥, 피라미가 몇이 모이든, 피라미는 피라미니라!)"

렌이 내 머리 위에 올라타, 우뚝 섰다.

"멍!(휴웃, 역시 렌 씨야! 아주 듬직해애!)"

좋아, 가라. 이 집의 폭력 장치 1호!

참고로 2호는 제노비아다.

지금쯤 저택에서 푹 자고 있겠지만.

전직 모험가 주제에 마물 퇴치 때는 항상 도움이 안 되는 게 제노비아니까 어쩔 수 없다. 와도 우리가 마물이라는 걸 들켜버리니까 오지 않는 게 정답이지만.

"찌익!(무슨 말이냐! 나리도 돕거라!)"

"냐옹(맞아요오. 어서 그 굉장한 마법으로 싹 쓸어주세요오!)"

"멍!(멍청아! 그런 짓을 했다간 밭이랑 숲이 사라져버린다고! 저택 사람들한테 여기서 싸운 걸 들키잖아!)"

　그게 원인이 돼서 내 펫 라이프가 끝나면 어쩔 거야.

　"멍멍!(렌을 봐! 아직 변신을 풀지 않고 꼬리만으로 싸우고 있잖아! 저건 시끄러워지지 않게 신경 써서야——.)"

　"찍찍!(오오, 깜빡했다! 드래곤으로 돌아가면 힘은 배로 늘어나니라! 차라리 내 소멸(燒滅) 마법으로 싹 다 태워주겠다!)"

　신경을 썼던 게 아니었다. 쥐로 있는 시간이 너무 길어서, 자신이 드래곤이라는 사실을 잊고 있었던 것뿐이다.

　"아오옹!!(으악——! 그만둬——! 숲이 허허벌판이 될 거야——!!)"

　"GARORORO!(에잇, 말리지 마라, 나리! 이 녀석들을 한꺼번에 태워 없애겠다!!)"

　"멍멍!(그만둬——! 진짜 그만둬——! 내 펫 라이프가 끝날 거야——!)"

　변신을 해제한 근육 뇌 드래곤을 필사적으로 말리고 있는데, 해골을 향해 검은 그림자가 달려들었다.

　기세 좋게 밀어 넘어뜨리고, 머리를 씹어 부순 그자는——.

　"컹!(늦었습니다, 왕이여!)"

　가로를 필두로 한 마랑족이었다.

　"멍!(오오, 다들 와줬구나!)"

　"컹!(당연합니다! 왕이 계신 곳이라면 어디든 바로 달려갑니다! 얼마 전과 같은 실수는 두 번 다시 없습니다!)"

　해골 대군에 필적하는 마랑족 무리가 잇따라 해골을 향해 돌진해 나갔다.

"멍멍!(조심해! 이 녀석들은 마력이 다하지 않는 한 몇 번이고 부활해! 쓰러뜨렸다고 생각하고 방심하지 마!)"

"컹컹!(다들 들었지! 왕은 확실한 섬멸을 바라신다! 죽이고 또 죽여서 몰살해라!)"

……아니, 그렇게까지 위험한 말은 안 했는데…….

""""컹컹컹!!(죽여라! 죽여라! 죽여라!)""""

우렁차게 외친 마랑들이 해골들을 물리쳐 나갔다.

우와아, 듬직해애. 너무 듬직해서 오줌 쌀 것 같아아.

이빨을 드러내고 콧등에 주름을 잡은 늑대. 완전 무서워.

그러나 싸움을 겁내고 있을 때가 아니다. 확인해야만 하는 사실이 있다.

"멍멍!(가로! 미궁수는 확실히 다 무너뜨린 거지?)"

날아오는 해골의 낫을 내 몸이 튕겨 낸 틈에 가로가 해골의 목을 물어 부쉈다.

"컹!(네, 틀림없습니다! 숲의 마에 침식된 마물의 숫자도 줄고 있습니다!)"

그럼, 역시 이 녀석들은 다른 루트군.

사령도사라는 녀석이 흑막임이 틀림없다.

"멍멍!(좋았어, 다들! 일단 이 녀석들을 쓰러뜨린다! 저택 사람들이 눈치채기 전에!)"

""""컹!(예!)""""

사냥의 달인인 마랑족들의 도움으로 다소 시간은 걸렸지

만, 간신히 해골들을 물리치는 데 성공했다.

† † †

"나, 나이트메어, 네놈, 어째서, 사령도사님 곁으로 돌아가지 않지……?"

마지막에 남은 해골이 몸을 무너뜨리면서, 마구간 안에서 얼굴을 내민 메어에게 팔을 뻗었다.

"히힝!(히, 히이익, 사령도사님이 누군데요? 오, 오지 마세요——!)"

"GARORO!(흥!!)"

벌벌 떠는 메어를 막듯이 앞을 가로막고 선 렌이 해골을 앞발로 때려 부쉈다.

"멍——(아아, 그 녀석은 살려서 정보를 캐내려고 했는데.)"

"GARORO(충성심 강한 병사에게 심문 따위 통하지 않느니라. 만에 하나 알아내는 게 있다 해도, 적이 준 정보의 진위를 감별할 방법도 없다. 직접 자기 눈으로 확인하는 것이 최선이니라.)"

렌이 똑똑한 소리를 했다. 실제로 그 말이 맞아서 반론할 여지도 없지만.

"멍멍(그래도, 이 녀석들이 어디서 왔는지 정도는 알고 싶었어…….)"

"컹컹(왕, 아무래도 이 해골들은 동쪽 땅에서 온 것 같습니다.)"

"멍?(아는 거야?)"

"컹(예. 저희 마랑족의 코라면 냄새의 흔적을 거슬러 그곳에 도착할 수 있을 것입니다.)"

열을 갖춘 마랑족들이 맡겨달라는 듯이 한 번 짖었다.

다들 정말 듬직하구나. 또 상을 기대해도 좋아.

"GARORO!(좋았어. 가자, 나리! 모든 악의 근원을 뿌리 뽑아주겠다!)"

아아, 귀찮아라고 하고 싶지만, 이미 아빠가 소란을 눈치챘다. 오늘은 취했기에 망정이지 내일도 대군이 몰려오면 그때야말로 들킬 거다.

할 거면 오늘 안에 결판을 내야 해.

"멍……(그나저나 사령도사라……. 책 내용이 사실이라면 그건 마왕 간부야.)"

아무리 생각해도 못 이길 것 같은데.

"GARO(훗, 마왕의 수하 따윈, 나리의 적수가 못 되니라.)"

"컹컹(드래곤 아가씨 말에 동의합니다. 로타 님의 적수는 없습니다.)"

으윽. 반짝거리는 신뢰의 눈빛이 따가워.

여기 있는 건 한낱 강아지고, 알맹이는 전직 사축이에요.

대관절 그 믿음은 어디서 오는 거야.

너희들 앞에서 좋은 모습을 보인 적 따위 없는 것 같은데.

하지만 지금 해결하지 않으면 어차피 내 펫 라이프는 끝나고 만다.

"멍……(하아. 하기 싫지만, 하는 수밖에 없나…….)"

나는 그저 평온하게 게으른 삶을 살고 싶은 것뿐인데, 어째서 이렇게 꼬리에 꼬리를 물고 문제가 터지는 거야.

애초에 그 푹신푹신한 여신이 사람 말을 안 듣는 게 문제야. 다음에 만나면 반드시 따져주마.

"컹!(모두! 왕이 출정하신다! 대오를 갖춰라!)"

""""컹컹컹!(왕이여! 왕이여! 저희를 마음껏 써주십시오!)""""

이열종대로 늘어선 마랑들이 나를 이끌듯이 숲을 헤치고 들어갔다.

"찍(날아가면 저택 녀석들한테 들킬지도 모르니라.)"

쥐로 변한 렌이 내 머리 위로 뛰어올라 앉았다.

"냐옹(그럼, 나프라도 실례할게요——.)"

나프라가 내 등에 올라타, 엎드려 앉았다.

"멍멍(너희들, 스스로 걷는다는 생각은 안 하는 거냐.)"

"찍(조금 전까지 날뛰고 다니지 않았느냐. 조금은 쉬게 해주거라. 뭐, 나리가 싸우지 않고 우리 뒤에 있었던 것은 적을 위협해서 밭과 말들을 지키기 위해서인 건 알고 있었지만 말이다.)"

아뇨, 그냥 무서워서 뒤로 갔던 것뿐이에요.

완전히 과대평가예요.

"히, 히힝(여, 여러분.)"

"멍?(왜?)"

"히힝히힝!(어째서…… 어째서 저를 지켜주시는 거예요? 그 괴물분들은 저 때문에 여기 온 건데……! 게다가, 어쩌면 저는, 그 사람들의 동료일지도 몰라요!)"

마지막 해골이 한 말이 걸렸던 모양이다.

사령도사의 곁으로 『돌아간다』라고 했었으니까. 동료인지 아닌지는 별개로 하더라도, 메어가 그 녀석이 있는 곳에서 온 것은 틀림없어 보인다.

"멍(지금은 아니잖아.)"

"힝……?(네……?)"

"멍멍(너는 지금 팔크스가의 말이잖아. 그럼 그 녀석들의 동료가 아니잖아.)"

"찍(그러느니라. 비록 엉터리 말이지만 이미 너는 우리의 가족이니라. 버리지 않을 것이니라.)"

"냐옹(이하동문이에요——.)"

렌과 나프라가 나에 이어 이제 와서 무슨이라는 얼굴을 했다.

"히힝……(하, 하지만…….)"

"멍!(그보다, 너는 아직 당근을 훔친 빚이 있어! 제대로 일해서 갚아!)"

소중한 노동력인 메어가 사라지면, 아저씨한테 무슨 소리를 들을지 모른다.

제노비아도 『네가 먹었지』 하면서 의심할 거다. 틀림없어.

절대로 도망 못 가.

"히, 히힝······(저, 여기 있어도 돼요······?)"

상기된 목소리로 묻는 메어에게, 양옆에 있는 이르시브 부부가 코를 붙였다.

"푸르르(당연한 소릴 하고 있어.)"

"히힝(우린 이미 가족이잖니.)"

"히, 히힝······(아, 아저씨······ 아줌마·······.)"

메어는 눈물 가득한 눈동자를 꼭 감았다가 번쩍 크게 떴다.

"히힝!(로타 씨! 저도 같이 데려가 주세요!)"

"멍?(으응? 괜찮지만, 무섭지 않아?)"

나 이상으로 쫄보인 이 녀석이 그런 말을 꺼낼 줄은 몰랐다.

"히힝!(저는 제가 누군지 알고 싶어요. 그리고 그런 후에 여러분과 같이 있고 싶어요! 그러니까 사령도사님께 이런 짓은 그만두라고 할 거예요!)"

"멍(흐음.)"

그만두라고 한다고 상대가 들을 것 같지는 않지만, 메어가 자신을 알고 싶다고 한다면 막을 이유는 없다.

한 번은 도망쳐 나왔으니, 위험하면 전력을 다해 도망치자.

도망친다면 물론 나도 같이 갈 거야.

"멍(그럼, 갈까.)"

"히힝!(네!)"

앞장서서 안내하는 가로 무리를 뒤쫓아, 우리는 숲의 동쪽을 향해 출발했다.

06 본거지 도착이다!
했더니 맛있었다!

우리는 해골들의 흔적을 더듬어 밤이 내린 숲을 질주했다.

"컹!(왕이여, 냄새가 강해지고 있습니다! 분명 이 앞에 적이 있습니다!)"

"멍멍(오오, 진짜? 상대가 위험할 것 같으면 무리하지 않고 도망칠 테니까 모두 준비해둬.)"

"컹컹!(왕이여! 저희 마랑족에 적을 앞에 두고 달아나는 약졸 따위는 없습니다! 부디 마음껏 써주십시오!)"

바르도 왔었군.

가로의 감시관 같은 늙은 늑대가 나란히 뛰기 시작하며 나에게 힘주어 답했다.

"멍……(약졸이라면 여기 한 마리 있는데…….)"

안녕하세요, 로타예요. 도망치고 싶은 약졸이에요.

나의 중얼거림은 역풍에 실려 가, 마랑들의 귀에는 닿지 않았다.

차라리 들어버렸으면 좋겠다.

너희가 기대하는 만큼 나는 그렇게 강하지 않아.

"컹!(저깁니다! 왕!)"

수풀을 뚫고 뛰쳐나간 곳에는 평범한 초원이 있었다.

"커, 컹……?(뭐, 뭐야……?)"

진짜 그냥 초원이다. 그곳에는 아무도 없었다.

적이 기다리고 있을 줄 알았더니, 맥 빠지는군.

냄새는 분명 이곳에서 시작됐는지, 마랑족들은 코를 땅에 붙이고 당황한 듯이 여기저기 냄새를 맡고 다녔다.

"찍(으음. 이곳은 어쩐지 수상하구나.)"

렌이 난감한 듯이 신음했다.

"멍(수상하다니 뭐가? 봤을 땐 아무것도 없는 것 같은데.)"

"찍찍(기척은 있되, 모습은 보이지 않는 것이니라. 환술 종류인가……?)"

적이 함정을 팠을 가능성도 있다. 너무 오래 있는 건 위험한가.

일단 이곳을 벗어나는 게 좋을지도 모른다.

"어머~ 늦었네~."

갑자기 들린 목소리에 모두가 일제히 그곳을 향했다.

"컹!(넌 누구냐!)"

초원 한가운데에서 챙이 넓은 삼각모를 잡고 서 있는 존재를 향해 가로가 짖어댔다.

"멍(누구냐니. 헤카테잖아.)"

언제나 갑자기 나타나서 나는 익숙하다.

어느 때는 이 집의 주치의, 어느 때는 지적인 숲의 마녀. 그러나 그 실체는!

그냥 술꾼인 엘프 헤카테 루루알스, 그 사람이다.

"크르르(수상한 마녀……. 왕의 명령만 아니면 물어 죽였을 것을…….)"

"멍(그만해. 같은 숲의 주민이잖아. 사이좋게 지내. 떽.)"

"끼잉(앗, 네…….)"

이빨을 드러내는 가로를 얌전히 시키고, 헤카테에게 걸어
갔다.

"멍(안녕, 헤카테. 요즘 통 안 보였는데, 바빴어?)"

공방에 틀어박혔다고 나프라가 말했었는데 볼일은 끝난
걸까.

"로타는 여전하네~. 의심이라는 단어를 모르는 거야? 정
말 거물이야~."

무슨 소린지 모르겠군.

오랜만에 만난 친구한테 인사한 게 그렇게 이상한 걸까.

즐겁게 웃는 마녀님의 생각은 잘 모르겠어.

"멍멍(네가 여기 있다는 건, 사정 파악은 끝냈다는 건가?)"

"그렇지~. 아마 이쯤에서 곤란해질 것 같아서 기다렸어."

여전히 미래라도 보고 온 듯한 전지전능함이다.

"찍!(에잇, 거드름 피우지 말 거라! 우리는 아침까지 일을
끝마쳐야 하느니라! 아는 게 있으면 알려주거라!)"

"급하네~. 너희가 목적한 곳을 못 찾고 있는 건, 찾고 있
는 장소가 얕아서야.)"

얕다. 얕다는 게 뭐지. 지하 깊숙한 곳에라도 있다는 건가.

"정확히는 결계에 의한 공간 이상(異相)이야~. 그냥 찾으
면 절대로 못 찾아~. 같은 장소지만, 다른 세계에 있다고

하면 이해하기 쉬우려나~."

"찍(결계라⋯⋯. 나는 그런 쪽의 마법에는 별로 밝지 않으
니라. 그래서 간파하지 못한 것이었어⋯⋯.)"

"냐옹(렌 님은 언제나 힘으로 밀어붙이는 타입이시니까
요──. 습득한 마법은 대부분 공격 마법에 치우쳐 있을 것
같아요.)"

"찌, 찍!(무, 무슨! 변화의 마법도 쓸 수 있느니라! 그것도
고등 마법이니라!)"

"냐, 냐옹!(포, 폭력은 반대예요──.)"

쥐에게 괴롭힘당하는 고양이라니라고 생각하면서, 이야
기가 옆길로 새기 전에 물었다.

"멍멍(결계라는 건 알았어. 그걸 깨려면 어떻게 하면 되
는데?)"

"내가 술식을 풀어서 해제해도 되지만, 시간이 걸려~."

"멍(그건 안 돼. 아침까지는 돌아가야 해.)"

아가씨가 쓸쓸해할 거야.

"그럼~ 강제로 깨는 수밖에 없어~. 결계를 훨씬 웃도는
마력으로 밀어내면, 상대를 끄집어낼 수 있어~. 그래, 이
중에 그만한 마법을 쏠 수 있는 건⋯⋯."

그 말에 모두의 시선이 나에게 쏠렸다.

나네요──.

구토 광선이 나설 차례가 온 것 같다.

"늦어⋯⋯! 여러분, 어째서 돌아오지 않는 겁니까⋯⋯!"

사령도사 리치는 초조해하고 있었다.

믿고 보낸 해골병들이 산산조각 난 사실을 모른 채, 석좌의 팔걸이를 뼈로 된 손끝으로 딱딱 울렸다.

"그렇게 많은 병사가 설마 전멸했다는 것입니까⋯⋯! 그런 말도 안 되는 일이⋯⋯. 그런 일은 용사가 아니라면 불가능합니다."

거기까지 말하고 어떤 생각에 이르렀는지, 리치는 홱 얼굴을 들었다.

"⋯⋯! 설마 벌써, 이번 시대의 용사가 각성했다?! 안 됩니다. 이건 이미 나이트메어를 찾을 때가 아닙니다. 이 묘지가 발각되기 전에 장소를 옮겨야 해요⋯⋯."

리치가 근거지로 삼고 있는 묘지는 그 마력의 근원이자, 수많은 해골병이 잠든 땅이다.

결계로 공간을 비트는 동시에 지하에 파묻어 지음으로써 누구도 발견할 수 없는 구조로 되어 있다.

이 묘지에 리치가 있는 한, 불사의 군단을 무한히 계속 만들어 낼 수 있다.

이 묘지는 다가올 인간계 침략을 위한 병사를 만들어 내는 주요 거점이다. 마왕님이 부활할 때까지 반드시 사수해야만 한다.

조금의 유예 기간도 없었다. 용사로 짐작되는 존재가 이곳을 냄새 맡기 전에 이동시켜야 했다.

"서, 서둘러야 해……."

석장을 높이 들고, 묘지 전송의 술식을 발동하려 한 순간, 흐린 하늘에 균열이 생겼다.

"이, 이럴 수가━."

이계화한 이 장소에 정식 절차도 없이 침입해 오다니, 도대체 얼마나 많은 마력을 퍼부은 것일까.

그것을 알기 전에 하늘 위에서 쏟아진 빛의 기둥이 리치의 거대한 몸을 꿰뚫었다.

† † †

"어흐ㅇㅇㅇㅇㅇㅇㅇㅇㅇㅇㅇㅇㅇㅇㅇㅇㅇㅇㅇㅇㅇㅇㅇㅇㅇㅇㅇㅇ 으응!!(실례합니다아아아아아아아아아아아아아아아아아 아아아아아아아!!)"

헤카테의 지시로 초원의 중앙에서 곧장 아래를 향해 구토 광선을 뿜어냈다.

빛의 기둥은 초원을 뚫고, 그 밑의 흙과 암반을 뚫고, 더욱 밑으로 뻗어갔다.

내가 해놓고 말하긴 뭣하지만, 괜찮은 건가.

온천이면 몰라도, 용암이 뿜어져 나오는 건 아니겠지?

주위를 봤더니 초원에 금이 가고, 빛이 들여다보였다.

불안을 느끼고 헤카테를 힐끔 본 순간, 유리가 깨지는 듯한 소리와 함께 땅이 부서졌다.

 "아, 아우우우우웃?!(아, 아아아아아아앗?!)"

 발밑이 무너진다고 생각한 순간, 부유감을 느낀 나는 화들짝 놀랐다.

 초원 바로 밑에는 땅이 아니라, 하늘이 있었다.

 보랏빛 구름이 떠도는 하늘 아래로, 우리는 떨어져갔다.

 "커, 컹?!(이, 이것은?!)"

 "히히히이이이이이이잉?!(으, 으아아아아아아아아아아아아아아?!)"

 "냐아아아아앙?!(떠, 떨어지겠어요오오오오오오!!)"

 "찌이이이이익!(나, 나리야! 빨리 어떻게든 해보거라아아아아아!)"

 "아우우우우우!(오히려 네가 어떻게 좀 해봐. 드래곤이잖아! 날아봐아아아아아아!)"

 다른 세계라는 게 이런 거냐.

 설마 공간째 다른 장소인 줄은 몰랐어.

 갑자기 공중에 내던져진 우리는 느닷없는 사태에 대응할 방법도 떠올리지 못한 채, 완전히 거꾸로 추락해갔다.

 땅은 코앞으로 다가와 있다.

 배꼽 근처가 오그라들고, 당장이라도 오줌을 쌀 것 같다.

 "자자. 다들 얌전히 있어~."

 마찬가지로 추락하는 헤카테가 치마를 잡으면서 지팡이

를 휘둘렀다.

"머, 멍……(오, 오오오…….)"

모두의 낙하 속도가 급격히 느려졌다.

이것은, 부유 마법이군.

"찍……(더, 덕분에 살았느니라…….)"

"냐옹(역시 주인님이세요——.)"

"크, 크르르……(큭. 마녀에게 빚을 지다니, 방심했다……!)"

"히히이잉! 히히이잉!(떨어지는 거 무서워! 떨어지는 거 무서워어어어어어어어!)"

이미 착지했어.

땅에 발이 닿았는데도 패닉이 된 메어를 지적했다.

"멍……(여기가 적의 본거지란 말이지…….)"

불길한 장소다.

땅에는 안개가 떠다니고, 공기가 정체돼 있다.

그리고 수많은 무덤이 들쭉날쭉 늘어서 있다. 도대체 얼마나 많은 걸까.

"크으응……(윽…… 뭔가 고약한 냄새가 나…….)"

시궁창 같은 냄새가 난다.

곱게 자라 예민한 나 같은 펫은 견딜 수 없는 악취다.

"이건 땅의 독한 기운이야~. 보통 사람이라면 폐가 썩었겠지만, 너희라면 문제없을 거야. 그냥 심한 시체 냄새라서 별로 오래 있고 싶은 장소도 아니지만."

진짜냐. 그만둬. 냄새가 옮으면 아가씨한테 냄새난다는

소리 들잖아.

"멍!(좋았어, 다들! 빨리 쓰러뜨리고 돌아가자!)"

"컹컹컹!(왕의 바람대로 하십시오!)"

끝없이 넓은 묘지에서 동료들이 위세 좋게 답했다.

"……찍(그래서? 그 적은 어디 있는 것이냐?)"

"……멍?(……어라?)"

아무도 없잖아.

어떻게 된 거야.

"냐옹(그쪽에 로타 씨가 뚫은 것 같은 구멍이 있어요——.)"

나프라가 앞발로 가리킨 방향에는 분명 큰 구멍이 나 있었다.

원래는 살짝 높은 언덕이었을 테지만, 하늘에서 쏟아진 광선에 도려내져, 거대한 분화구로 변해 있다.

우리는 원을 만들고 구멍 속을 들여다봤다.

"혹시, 적의 대장이 운 나쁘게 여기에 있었던 거려나~."

"멍멍……(하하하, 설마 그럴 리가…….)"

그런 터무니없는 일이 있으려고.

그렇게 재수 없는 녀석은 없어——.

……없는 거지?

그러나 주위에 적의 낌새는 없다. 묘지는 고요하다.

"찍찍!(푸하하하하하! 적을 꼼짝없이 지게 하다니, 역시 나리는 최강이니라!)"

"컹……!(역시 왕이십니다!)"

""""컹컹컹!(우리의 왕은 최강이시다!)""""

렌을 필두로 마랑족이 승리의 함성을 질렀다.

다들 외치는 중에 미안한데, 현실은 그리 만만하지 않은 것 같아.

나의 쫄보 센서, 아니, 펜리르로서의 감각이 이변을 눈치챘다.

큰 구멍 안에서 예사롭지 않은 낌새가 느껴졌다.

"기뻐하기에는 살짝 빨랐을지도 몰라~."

"멍(아, 역시?)"

큰 구멍 안에서 단단한 무언가가 달그락거리며 꿈틀대는 소리가 들려왔다.

그것은 뛰어 올라오듯이 큰 구멍에서 뛰쳐나와, 하나의 형체를 갖추었다.

"후, 후후후…… 제법이군요……. 순간이라고는 해도 나를 완전히 소멸시키다니요……."

그곳에 생겨난 것은 너무나도 거대한 해골이다.

거인의 몸에서 살을 제거한 듯한, 너무나도 거대한 해골이 공중에 떠 있었다.

"나의 결계를 깨고, 이 묘지까지 온 것은 훌륭합니다……. 그러나 그 성공도 여기까지입니다……."

뼈로 된 손가락이 석장을 움켜쥐고, 그 위를 로브가 감쌌다.

적의 재생은 순식간이었다.

"나는 사령도사 리치. 불사의 군단을 이끄는 부뇌(腐腦)의

사도! 마왕군 5대 마장인 나에게 행패를 부리고, 그냥 끝날
거라고는 생각지──."

"어흐흥!!(첫수 광선!!)"

빛의 기둥이 리치를 집어삼키고, 없앴다.

"멍(좋았어!)"

성공이야.

"조, 좋았어가 아닙니다……! 마, 말하는 도중에 공격을
걸어오다니……! 당신한테는 정정당당히 싸운다는 긍지가
없는 것입니까……!"

없어요.

정정당당히 따위 개나 줘버려. 개는 나야. 먹을 거야. 오
물오물.

그나저나 끈질긴 녀석이야. 이길 수 있을 것 같지 않은데.

완전히 소멸시켰는데 조금 전과 마찬가지로 리치는 곧바
로 몸을 재생시켰다.

"내 방어 장벽을 간단히 꿰뚫는 이 위력……. 설마 궁극의
파괴 마법……?! 이렇게 강대한 마법을 쓸 수 있다니, 당신
은 대체 누구입니까……?!"

"멍!(애완견이에요!)"

자포자기한 심정으로 버럭 외쳐줬다.

"애, 애완견……? 어째서 애완견이 여기에 있는 겁니
까……?"

내가 묻고 싶어.

저택에서 늘어져 있을 부잣집 개 인생이 어째서 이런 데서 마왕군하고 싸우고 있는 건데.

"당신의 존재가 무엇이든 이곳은 나의 영토! 나의 영역입니다! 아무리 공격해도 이 땅에서는 나를 쓰러뜨릴 수 없습니다!"

리치는 불멸의 육체를 과시하는 양팔을 펼치며 으스댔다.

"내 묘지에 흙발로 침입한 것을 후회하세요!"

리치가 석장을 쳐들자, 묘지의 지면이 솟아오르고, 해골 병들이 우르르 기어 나왔다.

"멍?!(우왓. 이 녀석들, 여기서 태어난 거였어?!)"

엄청난 숫자다.

밭에 쳐들어온 해골보다 많을지도 모른다.

이 녀석들은 마력이 다하지 않는 한 안 죽는 거지?

그리고 이곳은 이 녀석들의 본거지니까 무한한 마력으로 영원히 계속 부활할 수 있다라.

……잠깐, 이거 위기 아냐?

"컹컹!(겁먹지 마라! 진을 짜라! 왕을 지킨다!)"

가로의 호령에 마랑들은 진형을 짜고 훌륭한 협업으로 적을 쓰러뜨려갔지만, 해골은 즉시 부활했다.

민첩한 마랑들은 해골의 반격을 능숙히 피했지만, 상대와는 달리 우리는 당연히 지쳤다.

움직임이 둔해지면 언젠가는 당하고 만다. 시간이 지나면 지날수록 우리가 불리해졌다.

"GARORORROOON!!(떼 짓지 마라! 성가시니라!)"

드래곤이 된 렌이 온몸을 휘둘러 해골들을 단번에 가루로 만들었다. 그러나 숫자가 너무 많아서 언 발에 오줌 누기다.

"GAROOOOOOOON!(싹 다 타버려라!)"

불꽃의 숨결이 주위를 몽땅 불태웠지만, 해골들은 모조리 타서 재가 돼도 부활을 이뤘다. 역시 시간 벌기밖에 안 될 모양이다.

"냐옹?!(부, 불똥이?! 렌 님, 좀 더 저쪽으로 가서 싸우세요——!)"

전투 능력은 전무한 나프라가 날아오는 불똥과 싸우고 있다.

뭐 하는 거야…….

"호호. 결계가 깨졌을 때는 어떻게 될까 했지만, 역시 당신들은 용사와는 무관한 듯하군요……."

나와 대치한 리치가 안심한 것처럼 중얼거렸다.

용사라니 무슨 소리야?

용사라고 하면, 역시 아가씨가 읽어준 동화에 나오는 존재다.

나와 같은 이름을 가진 영웅 로타.

마왕 간부인 이 녀석이 동화책이 아니라 실제로 존재했다는 것은 다른 간부나 마왕도 실재한다는 건가?

그렇다면 이 녀석이 두려워하는 용사도 이 시대에 있다는 걸까.

"멍?(어라, 용사가 있는 거야?)"

있다면, 용사가 와! 네가 쓰러뜨려야 할 적이 여기 있어! 왜 펫인 내가 싸우고 있는데!!

직무 태만에도 정도가 있어.

"용사가 없다면 당신들 따위 적이 아닙니다. 죽은 후에는 사령으로 되살려, 우리 군단에 넣어드리죠!"

전력을 다해 거부할게.

큰 소리로 웃는 리치에, 나는 찔끔찔끔 뒷걸음질 쳤다.

"히, 히힝!(자, 잠시만요!)"

뒷걸음질 치는 내 앞으로 나선 것은, 겁쟁이 메어다.

"오오, 나이트메어 아닙니까. 모습이 달라서 눈치채지 못했습니다. 돌아왔군요."

"히힝!(가르쳐주세요! 나는 누구예요? 왜 아무 기억도 떠올릴 수 없는 거예요?)"

메어의 호소에 리치는 움직임을 멈췄다.

그리고 잠시 후, 그 두개골을 달그락거리며 흔들기 시작했다.

"호호, 호호호호호. 무슨 말을 하려나 했더니. 당신이 옛날 일을 떠올릴 수 없는 것은 당연합니다. 당신은 내가 만든 마도사령이니까요. 화장하고 남은 성녀의 재와 이각수의 뼈에 주술을 걸어 연성한 사령군마. 그것이 당신입니다."

예상한 대로 메어는 원래는 이 녀석들의 동료였다. 그것도 이 녀석이 만든 사령이었던 모양이다.

"히, 히힝……?(나, 나는 아무것도 아니야……?)"

"유감스럽게도 완성한 직후에 우리는 용사에게 봉인돼버렸으니까요. 당신은 아무것도 기억하지 못하는 것이 아니라, 아무것도 모르는 겁니다. 뭐, 제작자인 내 얼굴 정도는 기억할 줄 알았는데. 당신이 아는 유일한 것을 잊어버리다니, 정말이지 만든 보람이 없군요……."

한탄하듯이 리치는 이마에 손을 짚었다.

"히힝……(나는…… 나는…….)"

사실을 알게 된 메어가 쩔쩔매며 뒷걸음질 쳤다.

"당신 때문에 고생은 했지만, 이렇게 돌아왔으니 된 거로 하죠. 그리고 그 겁 많은 성격은 마왕님의 군마에는 어울리지 않습니다. 지금까지의 기억은 지우고, 사악하고 흉포한 성격이 될 기억을 새롭게 심어드리죠."

"히, 히히잉……!(싫어…… 싫어요……! 나는 모두를 잊고 싶지 않아……!)"

"억지 부리지 마세요. 그자들을 원한다면, 제대로 처리한 후 우리 군단에 넣어줄 테니까요."

뼈로 이루어진 거대한 손이 메어를 잡으려 뻗어왔다.

"히힝……!(나는……!)"

메어를 붙잡는 그 팔을, 내 파괴 마법이 없앴다.

"……아직 포기하지 않는 겁니까."

사라진 팔을 순식간에 재생시킨 리치가 뻥 뚫린 눈구멍으로 나를 노려봤다.

우왓, 화났어. 완전 무서워. 오줌 쌀 것 같아.

그래도 할 말은 해야지, 안 그러면 직성이 안 풀려.

"멍멍(포기하고 말고가 아니라, 이 녀석은 이미 내 가족이야. 마음대로 데리고 가면 곤란해.)"

"조금 전에 한 말을 들은 겁니까? 그 말은 원래 마왕군의 것. 그것도 내가 만든, 생명이 없는 도구입니다. 마물인 당신과도 다른 존재입니다? 그런 자가 가족이라고요?"

"멍(그래.)"

여기 있는 동료들은 다들 종족도 사고방식도 제각각이다.

그럼에도 우리는 잘 지내고 있다.

메어의 정체가 마왕의 말이라고 해도, 이제 와서 그게 어쨌다는 건가.

"당신이 나이트메어에게 집착하는 이유는 무엇입니까? 강한 전력을 원하는 겁니까? 마왕님을 대신해서 세계의 지배자라도 되고 싶은 것입니까?"

"멍(에게게. 그깟 시시한 소원에 내가 만족할 것 같아? 똑똑히 들어. 내 소원은 말이야——)"

말을 끊고, 숨을 있는 대로 들이마셨다.

"어흐ᄋᄋᄋᄋᄋᄋᄋᄋᄋᄋᄋᄋᄋᄋᄋᄋᄋᄋᄋᄋᄋᄋᄋᄋᄋᄋ으으응!!(매일 먹고 자면서 일하지 않고 예쁨받으면서 사는 거고, 그러려면 우리 집의 귀한 노동력인 메어는 반드시 필요하다고. 나 대신 이 녀석을 평생 부려먹을 거야아아아아아아아아!!)"

휴, 시원하다.

세찬 빛줄기가 리치를 집어삼켰다.

그러나 역시 곧바로 재생이 시작됐다.

"어, 어느 쪽이 시시한 소원입니까?! 내 최고의 걸작을 노
동하는 말 취급하려고 원한다는 말입니까?! 한심하군요! 그
릇의 작음에 기가 막힙니다!!"

시끄러워.

나한테는 가장 중요한 소원이야.

기분 좋은 펫 라이프를 보내려면 이제 메어 없이는 안 돼.

제임즈 아저씨도 제노비아도 아가씨도 이르시브 부부도
저택 사람들도 이 녀석이 없어지면 슬퍼하겠지.

그런 분위기 속에서는 즐거운 펫 라이프를 보낼 수 없어.

"멍멍!(그러니까, 메어! 멋대로 포기하지 마! 이 해골들을
얼른 쓰러뜨리고 돌아가자! 이건 이미 정해진 사항이야!)"

"히, 히힝……(로, 로타 씨…….)"

"위세가 좋은 건 좋지만, 잊으신 겁니까. 당신의 마법으
로는 나를 쓰러뜨리는 일 따위 불가능하다는 것을……!"

이미 재생을 끝낸 리치가 달려들었다.

"어흐으으으으으응! 어흐으으으으으응!(몇 번이고 쏴주
마! 나와라 광선! 나와라 광선!)"

"호호호. 헛수고입니다. 이곳에서 나의 마력은 무한합니
다. 아무리 궁극의 파괴 마법이라고 해도, 나를 없애는 것
은 불가능합니다!)"

파괴와 재생의 균형이 무너지고, 마침내 리치의 팔이 나를 움켜쥐었다.

"낑……(끄악, 잠, 잠깐……!)"

충격은 없지만, 움켜잡혀서 몸을 움직일 수가 없다. 뼈 주제에 힘이 세잖아.

나는 리치의 손에 들어 올려져, 공중에 매달렸다.

어쩌지. 이 상태라면 머리 정도밖에 못 움직여.

지금 항복하고 용서받을 수 없을까.

"로타, 곤란한 상황이야~?"

바로 밑에서 헤카테의 목소리가 들려왔다.

이런 상황인데도 초조한 기색이 전혀 없다.

반면 나는 마구 초조해하고 있다. 이미 살짝 지렸다.

"멍멍!(곤란해, 곤란해! 완전 곤란해! 어디로 보나 완전 위기잖아!)"

무슨 좋은 방법 없어? 이 녀석을 쓰러뜨릴 훌륭한 작전을 지금 당장 플리즈.

"그래~ 그럼~ 힌트를 줄게~."

헤카테는 그렇게 말하더니 검지를 척 하고 세웠다.

"로타, 어제 먹은 멧돼지는 맛있었어?"

"멍?(뭐어?!)"

맛있었어. 생고기였지만 완전 맛있었어.

그게 지금 상황이랑 무슨 관계가 있다는 걸까.

"남기지 않고 다 먹었어?"

"멍(먹었어, 먹었어! 먹었어요! 뼈까지 남김없이 싹 다 맛있게──.)"

뼈?

그래. 우리는 뼈도 먹을 수 있다.

그리고 이 녀석들은 뼈로 이루어져 있다.

멧돼지의 뼈는 맛있었다.

그렇다면 뼈로 만들어진 이 녀석들도 맛있을 터.

완벽한 삼단논법에 머릿속이 번쩍했다.

"강한 육체를 가진 마랑족의 위장 속이라면, 마력을 차단할 수 있을지도 몰라~. 마력이 없으면, 재생도 없는 거니까~."

다 말할 필요 없어, 헤카테. 이해했어.

"대체 무슨 이야기를 하는 겁니까. 무슨 짓을 꾸미든 소용없습니다. 지금 당장 으스러뜨려──."

말을 끝맺는 것보다 먼저, 나는 크게 입을 벌리고 리치의 손가락을 물었다.

"큭?!"

통증이 있었는지 아니면 몸에 생긴 위화감을 깨달은 건지, 리치는 나에게서 손을 뗐다.

땅에 착지한 나는 문 것을 오도독오도독 씹었다.

"오도독오도독(이 식감, 번지는 풍미…… 이건…… 맛있어!!)"

"무슨?! 나, 나를 먹었, 다고?!"

리치가 경악해서 자신의 손을 봤다.

그 손끝은 재생되지 않았다.

헤카테의 지적은 완전히 맞아떨어졌다.

"멍멍멍!(다들! 이 녀석들을 쓰러뜨릴 방법을 찾았어! 간단해! 먹는다! 우리가 늘 하는 거야! 간단하지?!"

다들 계속 싸우느라 배가 고플 거다.

여기 있는 건 적이 아니다.

우리의 밥이다.

내 말에 마랑들의 눈이 번쩍 빛났다.

""""츄릅(먹이?)""""

감정이 없던 해골들이 처음으로 공포로 뒷걸음질 쳤다.

그래, 봐. 이 거대한 녀석을.

진수성찬의 결정체잖아.

사냥감을 앞에 둔 우리가 할 일이라면, 단 하나야.

"오, 오지 마세요……! 오지 마……!"

우리는 서서히 해골들을 몰아넣으며 포위망을 좁혀갔다.

그리고, 크게 입을 벌렸다.

"와오오오오오옹!!(잘 먹겠습니다아아아아아아아!!)"

""""아우우우우우!!(잘 먹겠습니다아아아아아아아아아!!)""""

"그, 그만둬어어어어어어어어어어어어어어어어어어어어어?!"

형세는 단번에 뒤집혔다.

내가 이끄는 마랑들은 일제히 해골 군단을 덮치고, 뼈로 된 몸을 먹어치웠다.

뚜둑. 으드득. 꿀꺽.

아아, 마력을 머금은 뼈는 맛있네요. 놀랐어요.

언뜻 곰팡내 나는 풍미에 익숙해지면 중독이 돼서 견딜
수 없어요.

그런 음식평을 곁들이면서, 모두의 배가 불룩해졌을 무렵
에는, 해골병은 전멸하고 마력의 근원인 리치도 두개골의
절반을 남겨두고 있을 뿐이었다.

"이럴 수가……. 이, 이런 말도 안 되는 전투법에, 내가 지
다니……!"

"멍(맛있었어. 잘 먹었어——.)"

내가 감사 인사를 하자, 리치는 노기를 분출했다.

그러나 힘이 나지 않는지 마력은 흩어지고, 남은 두개골
도 무너져갔다.

"멍멍(물어도 소용없을지 모르지만, 너희는 결국 뭐였
어? 동화에 나오는 건 줄 알았더니 이렇게 실제로 존재하고
말이야. 마왕인가도 진짜로 있는 거냐?)"

용사가 어쩌고 하는 말도 했었어. 우리 동네에서 소란 같
은 거 일으키지 말아줬으면 해.

그런 건 나랑 관계없는 데서 해주세요.

"호, 호호호. 당신들의 목적은 이 나이트메어가 아닙니까?
그런 걸 물으면서 시간을 허비해도 되는 겁니까?"

"멍?(뭐? 메어라면 여기 있어. 걱정 안 해줘도 같이 데리

고 돌아갈 거야.)"

"호호. 사령병은 모두 나의 마력으로 움직이고 있습니다. 그것은 나이트메어도 마찬가지……. 내가 사라지면 나이트메어도 사라질 운명입니다……!"

"찌익?!(뭐, 뭣이야……?!)"

"냐옹?!(세상에……?!)"

뒤를 돌아보자, 메어의 몸이 조금씩 사라지고 있었다.

"호호호. 그 얼굴을 봤으니 만족했습니다……! 그럼, 먼저 가 있겠습니다, 나이트메어……!"

그 말을 끝으로 리치는 완전히 사라졌다.

그 후에 남은 것은 무거운 침묵과, 사라져가는 메어의 모습이었다.

"히힝……(저, 이번에야말로 사라지는 거네요…….)"

쓸쓸하지만 만족스러운 목소리로 메어는 중얼거렸다.

"히힝……(여러분. 짧은 시간이었지만, 그동안 고마웠어요…….)"

메어는 머리를 숙이듯이 목을 흔들었다.

"히힝히힝……(저택 사람들도 귀여워해주시고…… 이르시브 아저씨랑 그레이스 아줌마도 가족처럼 대해주셨어요…… 저한테는 엄마도 아빠도 안 계셨지만, 아주 마음이 따뜻했어요……. 분명 엄마, 아빠는 이런 느낌일 거라는 생각이 들었어요. ……이제 그 두 사람은 만날 수 없지만, 진심으로 행복했었다고 전해주시겠어요……?)"

이미 메어의 몸은 대부분 공기 속에 투명해져 있다.

눈물이 그렁한 눈동자로 메어는 나를 바라봤다.

그 부탁에 나는——.

"멍(싫어.)"

즉시 답했다.

"히힝?!(네에——?!)"

"멍멍(어디 마음대로 사라지려고 하고 있어. 아직 일해서 갚아야 할 빚이 남았다고 했잖아.)"

"히힝……(하지만, 저는 이제 곧 사라진다고…….)"

그건 그대로 뒀을 때, 겠지.

이 녀석의 몸을 유지할 마력이 따로 있으면 되는 거잖아?

"멍(그런고로, 부탁드립니다. 대현자 헤카테 님!)"

"정말. 그렇게 말할 줄 알았어~."

난처한 듯이 한숨을 쉬는 헤카테지만, 이 반응은 가능할 거다.

"끊어진 마력 경로를 로타가 다시 이으면 문제없을 거야~. 로타가 보유한 마력량은 이 묘지하고도 맞먹을 테니까."

"멍(역시!! 헤카테 선생님은 믿음직해!)"

답례로 할짝할짝해줄까?

다리 정도라면 기꺼이 핥아줄게!

퉁퉁 불 때까지 문제없어!

"자, 간다~."

헤카테가 지팡이를 한 번 휘두르자, 메어의 붕괴가 멈췄다.

"멍(뭔가 빨려 나가는 것 같기도 하고, 아닌 것 같기도 하고⋯⋯.)"

의식하지 않으면 모를 정도의 마력이 나에게서 뽑아내지고 있는 모양이다.

그리고 시간을 되감기한 것처럼 메어의 몸이 원래의 모습을 되찾아갔다.

"히, 히히잉(로, 로타 씨의 따뜻한 것이 제 안으로 들어와요⋯⋯!)"

그런 표현은 자제해줄래?

귀여운 로리 보이스라도 겉모습이 말이라서 하나도 기쁘지 않아.

"히힝!(로타 씨, 고마워요! 나, 사실은 사라지기 싫었어! 모두랑 더 살고 싶었어!)"

"멍(그래, 잘됐다. 앞으로도 이 집을 위해서 일하도록 해.)"

그리고 그만큼 나는 쉴래.

누구도 손해 보지 않는 훌륭한 해결법이다.

"그럼~ 나는 아직 할 일이 있으니까, 너희만 먼저 돌려보낼게~."

헤카테가 그렇게 말하자, 땅이 하얗게 빛나기 시작했다. 공간 마법이다.

"멍?(응? 아직 뭐가 남았어?)"

"마력 재해, 벌써 잊었어~?"

"멍⋯⋯(아⋯⋯.)"

그랬다. 우리가 같은 장소에서 마법을 연속해서 쏘면 마력이 고이고, 그걸 그대로 내버려 두면 거기서 새로운 마물이 태어나거나 재해가 일어난다고 했었나.

특히 이번에는 이 독한 기운이 가득한 위험한 장소가 덤이다. 방치하면 또 길드에서 조사원이 나올 거다.

그런 성가신 소동은 더는 사절이야.

그래서 이번에도 헤카테가 봉인해줄 모양이다.

"멍멍(뭔가, 미안해. 헤카테.)"

"괜찮아~. 답례라면 간돌프의 술로 받을게."

"머, 멍(으, 으응. 잘 부탁할게.)"

미안해, 아빠. 나는 막을 수가 없어.

내 펫 라이프의 존속을 위해서, 아껴둔 고급술은 포기해줘.

지면의 빛은 점점 세기를 더해가고, 우리와 헤카테를 사이에 둔 공간이 하얗게 사라져갔다.

"──……이걸로 두 개째. 앞으로 남은 건 네 개……. 이걸로 메어리를────."

헤카테가 지팡이를 높이 들고 뭐라고 중얼거린 것과 공간 마법으로 우리가 이동한 것은 동시였다.

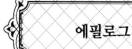

이튿날 아침. 우리는 숲에서 헤어져, 저택으로 돌아왔다. 그랬는데,

"로타, 지독해효──. 어디서 놀다 온 거예요──?!)"

"아오옹(으아앙. 아가씨── 도망치지 마──! 싫어하지 마──!)"

헤카테의 공간 마법으로 돌아온 뒤, 집에 들어가기 전에 분수로 몸을 씻었지만 냄새가 지워지지 않았던 모양이다.

묘지의 썩은 냄새가 털가죽에 여전히 잔뜩 배어 있었던 모양이다.

아침에 눈을 떴을 때 내가 없는 것을 안 아가씨는 돌아온 나를 발견하자마자 와락 달려들어 내 가슴에 얼굴을 묻더니 순간 굳은 뒤, 이 야단이 났다.

"끼잉끼잉!(모, 몸 냄새가 아니야! 씻으면 없어져! 제대로 깨끗이 씻으면 지워져! 버리지 마, 아가씨──!)"

"목욕! 목욕해요! 씻고 깨끗해지기 전까지, 쓰다듬는 건 금지예요────!"

어지간히 지독했는지 아가씨는 복도 모퉁이 뒤에 숨어서 나에게 다가오려 하지 않았다.

하악! 하고 위협해왔다.

그런 아가씨도 귀여워. 부비부비하고 싶어.

하지만 지금 그랬다가는 진짜 미움받을 것 같으니 얌전히 씻자.

"머, 멍……(아가씨. 또 만나는 날까지, 안녕…….)"

코를 잡은 하녀들에게 질질 끌려가, 나는 이래도냐 싶을 정도로 박박 씻겼다.

† † †

"멍——(안녕, 메어, 부부님들. 컨디션은 어때——.)"

완전히 깨끗해져서, 이제 오지 말라는 하녀들에게 목욕탕에서 떠밀려 나온 나는 털을 말릴 겸 마구간에 놀러 왔다.

밤중에 벌어진 난전도, 근처에 있던 밭에는 피해를 내지 않은 모양이다.

아, 아저씨가 밭을 살피고 있었다.

뭔가 중얼거리고 있는데, 혹시 저건, 채소한테 말을 거는 건가.

"히힝(네. 로타 씨의 마력 덕분에 전보다 훨씬 쌩쌩해요!)"

그래, 그래. 사용한 마력만큼 일해서 갚아.

이 녀석이 와준 이후로 아저씨의 잡무에 동원되는 일도 적어졌어.

낮잠 시간이 배로 늘어서 더할 나위 없다.

"푸르르(고맙다, 로타야.)"

"히힝(우리한테 훌륭한 딸을 데리고 와줘서 정말 고마워.

당신이 온 이후로 이 집에는 행복한 일들뿐이야.)"

엑, 그런가.

굳이 따지자면, 말썽만 일어나는 것 같은 느낌인데.

"푸르르(아가씨는 완전히 건강해지셨고, 제임스 씨도 일에 의욕이 생긴 모양이야. 저택 전체가 밝아진 건 틀림없이 네 덕이야.)"

아── 그렇게 말해주면 부끄럽잖아────.

오히려 구원받은 건 나지만, 애완견으로서의 역할을 해내고 있는 것 같아서 다행이야.

"────이, 이게 뭐야아아아아아아아아아아아?!"

우왓, 뭐야?!

난데없이 아저씨의 비명이 밭에 울려 퍼졌다.

"멍멍(아저씨, 무슨 일이야?)"

기겁을 한 아저씨의 곁으로 뛰어갔다.

"채, 채, 채소가…… 채소가……!"

"멍?(채소가?)"

아저씨의 시선을 더듬어갔다.

그곳에는──

"아우우웅?!(크, 크다아아아아아아아!!)"

거대한 당근이 땅속에서 얼굴을 내밀고 있었다.

당근만이 아니다. 한 장소를 중심으로 주위에 있는 채소가 모두 거대하게 변해 있다.

"찍(이건, 먹는 보람이 있는 크기구나.)"

아저씨한테 들키지 않도록 렌이 내 털 속에 숨어서 중얼거렸다.

"멍멍(이건 그런 차원이 아니잖아! 뭐야, 이 크기는.)"

아저씨가 양팔로도 다 안을 수 없을 정도의 크기다. 몇 백 킬로그램이나 될까.

"찍(이건 그것이구나.)"

그거라니.

렌은 짐작 가는 게 있는 걸까.

"찍찍(나리, 이 근처에서 소변을 뿌리지 않았느냐.)"

처음 사신 같은 해골이 찾아왔을 때, 깜짝 놀라서 오줌을 끼얹은 적이 있었지.

그걸 렌이 가루가 될 때까지 꼬리로 때려 뭉갰고.

"찍(그거니라 그거. 펜리르의 오줌에 사령의 뼛가루가 섞여서 밭에는 좋은 비료가 된 것이니라.)"

엑. 내 오줌에 그런 효과가 있었어?

그런 걸 먹어도 괜찮을까.

"찍찍……(정식으로 술식을 새긴 것도 아니니, 해롭지는 않을 것이니라. 오히려 영양분이 증가해서 건강에 좋은 것뿐이니라. 이것은 이미 영약의 경지야. 인간족의 도시에라도 갖고 가면, 대체 어느 정도의 값이 매겨질지…….)"

진짜냐. 모르는 사이에 매직 아이템을 만들어 냈어.

"찍(이리 말하는 내 오줌도 그렇느니라. 네가 내 소굴에 왔을 때 갖고 돌아간 풀이 있지 않았느냐.)"

아아. 아가씨를 살리기 위해서 필요했던 약초 말이군.

용령초라고 했었나.

시장에서도 좀처럼 보기 힘든 귀중한 영약이 된다나 뭐라나.

근데 렌의 소굴에는 엄청 많이 피어 있었어.

동굴의 막다른 곳에는 빛나는 용령초가 가득 무리 지어 자라 있었다.

"찍(그래, 그래, 그거니라. 그건 변소에 잘 피는 풀이다. 그런 걸 갖고 싶어 하다니, 별난 녀석들이라고 생각했느니라.)"

⋯⋯뭐? 변소?

지금, 변소라고 했어?!

"머, 멍멍!(너, 너, 아가씨한테 뭘 마시게 한 거야──!!)"

"찍(뭐, 뭣이야? 그 덕분에 그 아이는 살았느니라! 고맙다는 소리를 들을지언정 욕먹을 까닭은 없느니라! 그리고 갓 싼 드래곤의 오줌은 그런 풀하고는 비교도 안 되는 영약이니라. 뭣하면 지금 직접 마시게 하러 가주겠다!)"

"멍멍!(관둬, 멍청아! 근데, 용령초가 그런 의미였던 거냐!)"

드래곤이 오줌을 떨어뜨린 곳에 피는 풀이라서 용령초(龍零草).

하하하. 잘 지은 이름이야. 이름 지은 녀석한테 광선 먹이고 싶어.

"히힝!(당근! 당근! 굉장해!)"

마구간에서 메어가 잔뜩 신이 나 있다.

이 정도 양이면, 메어 무리한테도 상당한 양이 돌아가겠어.

그런데 아저씨는 이 거대해진 채소를 어떻게 할까.

"크, 크크크, 이건 나에 대한 도전인가?"

아. 아저씨한테 뭔가 스위치가 들어왔다.

"신메뉴 개발의 재료로 손색없어! 너희들! 독 테스트는 부탁한다!"

맛이 아니라 독 테스트야?!

확실히 수상한 재료긴 하지만!

뭐, 사령까지 먹은 내가 배탈이 날 리도 없으니 맛있게 먹겠지만요.

아가씨한테 위험한 걸 먹일 수도 없고.

좋았어. 덤벼라.

"히힝!(저도! 저도요! 부탁드려요——!)"

이 이후, 채소 요리를 엄청 먹었다.

후기

안녕하세요! 이누마진입니다!

3권을 구입해주셔서 감사합니다! 또 뵙게 되어 기쁩니다!

우선, 이번에는 작중에 나오는 요리를 간단한 레시피와 함께 소개하겠습니다! 후기에 쓸 내용이 바닥났다거나 한 것은 아닙니다. 우물우물.

이번에 소개할 것은 술집에서 나온 『갈릭 토스트 등지방 토핑』입니다.

토스트라고 썼지만, 정확히는 브루스케타라는 이탈리아 기원의 간단한 식사입니다. 얇게 썬 빵에 고기와 채소 같은 재료를 얹어서 먹는 간단한 요리지만, 응용성이 매우 높아 안주나 파티 푸드에 최적입니다.

작중에서 신기하게 생각하신 것은 등지방 소금절임 부분 이었을 겁니다!

등지방 소금절임이라고 되어 있지만, 이것은 라르도라고 불리는 돼지의 등지방을 소금절임 또는 훈제한 가공육입니다. 이탈리아의 코론나타 마을에서 생산되는 것이 유명하지요.

껍데기째 향신료를 골고루 문질러 바른, 비계 생햄 같은 맛입니다.

다소 독특한 풍미는 있지만, 껍데기에 가까운 부분은 쫄깃한 식감을 느낄 수 있고, 살에 가까운 쪽은 혀 위에서 녹을 듯이 부드러워 아주 맛있습니다. 그대로 먹어도 좋지만, 빵이나 파스타에 사용하면 열에 기름이 걸쭉해져서 그 맛은 가히 환상적!

슈퍼의 외국 식품 코너에 있는 곳이 많으니 찾아봐 주세요. 그럼 재료와 만드는 법을 설명하겠습니다.

재료 바게트빵, 올리브오일, 로스트갈릭(향신료 코너에 병으로 있습니다), 라르도(덩어리인 것을 잘라서 써도 되지만, 상당히 자르기 어려우므로 처음부터 얇게 슬라이스된 팩을 사면 편리합니다).

만드는 법 바게트빵을 얇게 썰고, 토스터로 눌은 자국이 나지 않을 정도로 굽습니다. 구운 빵에 올리브오일을 대충 뿌린 뒤 로스트갈릭을 듬뿍 뿌립니다. 슬라이스된 라르도를 얹으면 완성입니다.

네? 너무 대충이라고요? 괜찮습니다! 간단하고 맛있는 게 제일입니다!

조금 더 품을 들인다면, 로즈마리와 핑크페퍼를 라르도 위에 얹으면 보기에도 알록달록하고 풍미도 더해지니 추천합니다. 이런 잔재주를 부리는 것만으로도 정성을 들인 요리로 속일 수 있습니다. 정말입니다. 속여줍시다. (어이, 요리사.)

그럼 오늘은 이쯤에서 인사드리겠습니다. 4권에서 또 만나요──!

2018년 5월 이누마진 올림

WANWAN MONOGATARI Vol.3
-KANEMOCHI NO INU NI SHITETOWA ITTAGA, FENRIR NISHIROTOWA
ITTENEE!-
© Inumajin, Kochimo 2018
First published in Japan in 2018 by KADOKAWA CORPORATION, Tokyo.
Korean translation rights arranged with KADOKAWA CORPORATION, Tokyo.

멍멍이 이야기 ~부잣집 개로 해달라고는 했지만 펜리르로 해달라고는 안 했어!~ **3**

2021년 5월 1일 1판 1쇄 발행

저   자 이누마진
일 러 스 트 코치모
옮 긴 이 김보미
발 행 인 유재옥
본 부 장 조병권
담당편집자 김민지
편 집 1팀 이준환 정현희
편 집 2팀 정영길 김민지 조찬희
편 집 3팀 오준영 곽혜민 김혜주
미   술 김보라 서정원
라이츠담당 김슬비 한주원
디 지 털 박상섭 최서윤 이성호
물   류 허석용
발 행 처 ㈜소미미디어
등   록 제2015-000008호
제 작 처 코리아피앤피
주   소 서울시 마포구 토정로222, 403호(신수동, 한국출판콘텐츠센터)
판   매 ㈜소미미디어
마 케 팅 한민지 이주희 박소연
전   화 편집부 (070)4164-3962, 3963 기획실 (02)567-3388
                 판매 및 마케팅 (070)4165-6688, Fax (02)322-7665

ISBN 979-11-6507-576-7
ISBN 979-11-6389-620-3 (세트)